P9-CKH-437

Los Divinos

Laura Restrepo

Los Divinos

ALFAGUARA

Primera edición: mayo de 2018

© 2018, Laura Restrepo
© 2018, Penguin Random House Grupo Editorial, S. A. U.
Travessera de Gràcia, 47-49. 08021 Barcelona
© 2018, de la presente edición:
Penguin Random House Grupo Editorial USA, LLC.,
8950 SW 74th Court, Suite 2010
Miami, FL 33156

© Diseño: Penguin Random House Grupo Editorial, inspirado en un diseño original de Enric Satué
Imagen de cubierta: © Phoebe Rudomino

Penguin Random House Grupo Editorial apoya la protección del *copyright*.
El *copyright* estimula la creatividad, defiende la diversidad en el ámbito de las ideas y el conocimiento,
promueve la libre expresión y favorece una cultura viva. Gracias por comprar una edición autorizada
de este libro y por respetar las leyes del *copyright* al no reproducir, escanear ni distribuir ninguna
parte de esta obra por ningún medio sin permiso. Al hacerlo está respaldando a los autores
y permitiendo que PRHGE continúe publicando libros para todos los lectores.
Diríjase a CEDRO (Centro Español de Derechos Reprográficos, http://www.cedro.org)
si necesita fotocopiar o escanear algún fragmento de esta obra.

ISBN: 978-1-947783-55-3

Impreso en Estados Unidos – *Printed in USA*

Penguin
Random House
Grupo Editorial

Índice

Al día en que todos los hombres, a la par con las mujeres, se manifiesten en las calles contra el feminicidio.

Para empezar, ¿qué es un monstruo?
Ya la etimología nos reserva una sorpresa un
tanto pavorosa: monstruo *viene de* mostrar.

MICHEL TOURNIER

1. Muñeco (alias Kent, Kento, Mi-lindo, Dolly-boy, Chucky)

—Los monicongos son dos y el más chiquitico se parece a vos —me despierta el Muñeco con un telefonazo a las tres o cuatro de la madrugada. Dice sólo eso, y cuelga.

El sobresalto me deja sentado en la cama con el corazón a mil. La voz del Muñeco, juguetona y entrapada en alcohol, cae como rayo a estas recónditas horas y me arranca del sueño, partiendo en dos mi noche hasta este instante plácida. Yo, que estaba tan bien, atravesando suavemente las planicies de mi ser profundo, ahora hechas trizas por culpa del Dolly-boy, a quien también llamamos Muñeco. Sus palabras provienen muy de afuera y se cuelan con patanería en el silencio de mi cuarto, enturbiando la quietud de aquí adentro. Y ahí quedo yo, en blanco, con los sueños espantados y sin manera de recuperarlos, y con el retintín de su voz en el tímpano: los monicongos son dos, son tres, son cuatro, son cinco.

Qué plaga, este Muñeco. Qué manera de joder. Si se le antoja alargar la parranda, o despilfarrar mariachis en murgas y serenatas, o romperse la trompa con la canalla, allá él. Su bendito problema. Que haga lo que le dé la gana. ¿No puede acaso respetar el descanso ajeno?

Yo acá, en el refugio de mi cama, y él al otro lado de la señal, dándose su baño de abismo. Andará de travesía noctámbula. Detrás de su voz me llegan ruidos oscuros, ráfagas de viento, presencias borrosas. Puta la gracia que me hace. Jodido Muñeco, por qué no escoge otro marranito de confianza, ¿no se atreve a despertar al Duque? Ni se diga a Tarabeo. Si acaso al Píldora, y desde luego a mí. Está demente el Muñeco, y su vaina va en aumento.

Desde la protección de mi cuarto puedo verlo como si estuviera viéndolo, a ese man lo conozco de memoria, hasta soy capaz de imitarle el caminado, lujuriante y sinuoso como el de Elvis Presley. Me sé su refulgencia y su trompita burlona o besucona. Me sé el taconeo con el que va marcando un agitado ritmo interno. La pelvis arrojada hacia delante, el culito apretado, la suficiencia con que alardea de su absoluta ignorancia. Su actitud toda: me la tengo bien calada. Lo que no puedo plagiar, por más que intente, es la energía que emana de su persona.

Aunque no lo vea, puedo verlo en este instante: va con la camisa abierta en la madrugada gélida, regalado él y repartiendo chumbimba, dando y tomando papaya y expuesto a la noche bogotana, que puede llegar a ser sórdida. Tierra de nadie en los espasmos de la madrugada. Ya se sabe que allá afuera guerra es guerra: el que prefiera vivir mejor se tapa con sus cobijas y le pide a su mamita un vaso de leche tibia, mientras en las calles zumban alarmas y pandillas sicariales, perros rabiosos y porteros armados. Y rompiendo la negrura: algún grito escalofriante y sirenas de ambulancia. Bienvenido a la noche de los asesinos en la urbe de la puñalada.

¿Pero él? Nooooo. El Muñeco ni se entera. Él se les vuela a los guardaespaldas y se va por ahí, de intrépido a la intemperie, exponiendo el pellejo y amenazando. Desafiando malevos y robachicos como si fuera chistoso, el Muñeco pasado de tragos y retando los límites; desparramándose por las esquinas, humillando indigentes, pellizcando nalgas y pateando muros. Vaya plan, a estas benditas horas.

Suena su timbrazo y quedo de infarto, los monicongos son dos, y a mí qué carajo me importa. Pero en el fondo sí: desde muy niño me acechan esos monachos escurridizos y amorfos, que se dejan sentir, pero se ocultan a la vista.

El Muñeco, mi amigo, mi casi hermano: anda por allá, de solitario en territorio comanche, obedeciendo vaya a saber qué pulsión o qué deseo. Cada vez más así, más retorcidas sus apetencias y más apremiante su afán por satisfacerlas. Demoledor, el balancín de su mece-mece: del placer a la desolación, ida y vuelta y otra vez ida.

Hombre de loco apetito, la pérdida del gusto lleva al Muñeco a buscar pasiones cada vez más sápidas. Que luego no se diga que no lo sabíamos.

Un talegado de aire, mi Dolly-boy. Una bolsa vacía que él pretende llenar con lujos y gustos y gastos.

Buscando qué, me pregunto. Qué vaina con el Muñeco. Qué mierda rastreará a estas horas en las vísceras de la ciudad hambrienta.

Los monicongos son dos y el más chiquitico se parece a vos. Sólo eso dice. Y cuelga.

Al menos su llamada me deja saber que sigue con vida, aunque quién sabe dónde, en qué antro o puticlub, desnucadero o fight club criollo, y en medio de qué calaña de hembritas o tinieblos. Pero vivo al fin y al cabo, y algo es algo. Por el momento la francachela no lo ha matado.

Los monicongos son dos. La frase no dice nada, pero perturba. Suena a rima infantil, y eso acentúa la desazón que me causa. Se lo pregunté el otro día a Malicia. Quise ponerla al tanto del sonsonete de las madrugadas. No hizo falta, ella ya lo conocía. ¿Acaso el Muñeco la llama también, se toma esas confianzas? Me aguijonean los celos.

—Quiénes serán los monicongos esos —le dije a Malicia.

Ella tiene sus teorías. Para todo las tiene, y para esto también.

—Son los heraldos de nuestra desgracia —dijo.

Ella habla así, esta Malicia se cree bruja, y no le falta fundamento. Sabe predecir vainas, o será más bien que las precipita con sus palabras.

—Se está cocinando algo espeso —me advierte, afeando con una mueca su bonita cara morena.

Luego me consuela pasándome la mano por el pelo sin que yo me espante, cosa rara en mí, que le tengo fobia al contacto.

Por allá y más allá, en todo caso lejos, el Muñeco busca, escarba, rebusca, va detrás de algo. El Muñeco no se calma. Esa avidez suya por encanallarse, o por no encallarse, debe ser necesidad de desaparecer. Ser otro, abrirse, sacudirse, convertirse por fin en sí mismo. Se ahoga y necesita salir a flote.

Que se ahogue de una vez y que deje la jodencia.

Allá va el Muñeco en picada y sólo él sabe a dónde, o a lo mejor ni él mismo. Como diría Tournier, mi maestro: un hilo invisible guía sus pasos hacia un desenlace misterioso.

Otras veces estira su rumba dos o tres días con sus noches y de él no volvemos a saber, ni siquiera en el timbrazo de los monicongos. Cuando ya lo sospechamos cadáver, o deshaciéndose en sangre en Urgencias, ahí reaparece el Muñeco a media mañana por la cancha de los sábados, como si nada, resplandeciente como un recién resucitado y de bandana japonesa en la frente, su melenucha todavía adolescente aunque ya despoblada en las sienes, y sin camisa, claro: el Muñeco exhibe su bronceado en spray y su six pack ejemplar, y nos cae al partidito de fútbol los sábados por la mañana, bañado y perfumado y repartiendo besos y patadas.

Dribla como un ángel el Muñeco, masacra al adversario evitando la tarjeta roja, le da comba al balón y lo lanza girando en una parábola excelente. Y cada dos por tres comete infracción, porque cuando se emberrionda el Muñeco es un patán y monta trifulca y se pone cansón, aunque el partidito sea apenas amistoso, entre excompañeros del Liceo Quevedo que venimos a jugar en la cancha de nuestro viejo colegio, ahora y siempre como desde hace años.

Dicharachero y afectuoso ese Muñeco, eso sí, pero también matón, patotero, putañero, atrabiliario, llevado de sus furietas. Pero cariñoso, valga la verdad, buena gente a ratos y amoroso él, o como se dice: tan querido ese Muñeco.

La queridura siempre ha sido lo suyo, un chino muy querido ese Muñeco. ¿De dónde eso de *chino,* si no es alguien de la China? Chino es un pelao, y un pelao no es un calvo sino un niño, un muchacho o alguien que no creció, o no adultó, alguien tan inmaduro como nosotros, los cinco Tutti Frutti: inseparables, refulgentes, inmortales.

El quinteto Tutti Frutti: nuestra hermandad. La tenemos desde que somos compañeros de escuela y eternamente pelaos, chinos todavía pese a los años, ya superando la treintena y enfilando rapidito hacia lentos y blandos.

El tiempo pasa y no pasa y aquí nos tienes y nos tendrás, cada sábado en predios del viejo Liceo. Parqueados afuera, el Mercedes del Píldora, el BMW del Duque y el Audi de Tarabeo: automóviles costosos y de perruna fidelidad, que esperan la salida de sus dueños.

Falta en la cancha el Muñeco, que luego baja trotando desde su torre en el cerro, incomparable mirador sobre la ciudad toda. Y también llegaré yo, que no tengo carro ni tengo torre y me vengo a pie, porque vivo cerca. Ya una pizca panzones nosotros, los magníficos cinco. Una barriguita apenas; tanto no se nota bajo la camiseta holgada.

Nosotros los Tutti Fruttis ya en este primer asomo de la decadencia, todos menos el Muñeco, que se deja venir descamisado y luciendo intacto el tórax escultórico y el cuerpazo atlético, igualito a cuando era jefe de la banda de guerra en sus días de gloria en el Liceo. Ése era él: bello, camorrero y deportista excelso, como todos los varones de su familia por tres generaciones. No muy alto de estatura, apenas de los medianos en la fila del patio, pero sí macizo, un roble ese Muñeco, y carismático y maltratador —los pequeñajos le tenían pánico y se apartaban a su paso— y sobre todo dador de abrazos.

Y aquí una cuña en mi favor, una conquista en mi desarrollo espiritual: los famosos abrazos del Muñeco. Yo, que rehúyo el contacto porque no resisto que me toquen, tuve que ir aprendiendo a aceptar sus abrazos como señal de su aprecio salvaje.

Con Malicia es distinto, su cercanía no me irrita, más bien al contrario, será porque con ella el reto no es físico, al fin de cuentas ella es la novia del Duque y el Duque es mi amigo, por más señas socio fundador de los Tutti Fruttis: chapeau por eso, maestro. Cualquier cruce o empalme con su Malicia me queda más que prohibido, pecado mortal y supervedado, no se traiciona a un amigo, no le morboseas a la novia ni te acuestas con ella a sus espaldas. Ni tampoco ante sus ojos, está claro, aunque la aclaración sobra; sólo quiero decir que ni te lo sueñes: Malicia es bien ajeno.

Te abraza el Muñeco por puro cariño, viene y te chanta un pico en la jeta y te estruja como un oso entre la tenaza de sus brazos musculudos, para que quede bien claro cuánto te quiere y cuánta fuerza tiene, aunque luego por quitarte la pelota te pulverice el calcañal de un patadón. Y enseguida te diga, perdón, chino, es que soy torpe, fue sin querer, pelao. Y desde luego tú lo perdonas, aunque sepas que fue muy a propósito porque el Muñeco es un atravesado, y no es cierto que haya sido por torpeza, porque torpe no es, pero quién no se hace el loco ante su matonería si al mismo tiempo es tan amoroso, qué querido ese Muñeco, el más querido de todos.

Mi rey el Muñeco con su doble cara: por un lado, es Kent con todos sus encantos, y por el otro, Chucky el tenebroso. Pero acaso quién no, nadie es perfecto. Tan superficial nuestro Muñeco como su propia imagen en el espejo. Y dado al culto de su persona, como todos nosotros, que hemos hecho de eso una religión monoteísta.

De guayos, viejos jeans recortados a medio muslo y sin camiseta: tenemos ante los ojos al Muñeco. El Muñeco light, liviano y hecho de luz, sin misterio ni trasfondo, tan opuesto al que tal vez anoche me despertó de un fonazo, y que ahora aparece sonriente y recién levantado, bañado y perfumado, y a cada abrazo me impregna de Eau Sauvage de Dior, y a cada empellón me deja rengo. Un Muñeco solar, la otra cara del nocturno.

Marinado en alcohol, humo de maracachafa y colilla de Marlboro, deslumbra a la noche bogotana nuestro Muñeco, alias Dolly-boy: el más desvelado y atrabiliario.

Los monicongos son dos, y el más chiquitico se parece a vos. En ese estribillo hay un dejo nostálgico, huérfano, que aterra y a la vez conmueve. Creo poder defenderme de los monicongos cuando suscitan pavor, pero me rindo ante ellos cuando vienen melancólicos.

De un tiempo para acá, ¿cómo eran las escapadas zurumbáticas del Muñeco, sus roces con gente peligrosa? Sospecho que ya ninguno de nosotros lo sabía. Hasta hace un año o dos, Tarabeo lo acompañaba de fufurufas y le hacía cuarto, lo sé porque ellos mismos lo pregonaban. ¿Qué iban a buscar entre las mujeres de pago? Ellos dos, los Divinos, que podían conquistar a la que quisieran sin necesidad de mover un dedo. Ellos, a quienes tantas bellezas se les entregaban gratis. Qué coños —y nunca mejor dicho— iban a buscar entre las putas, eso es algo que sólo los dos sabían: qué placeres en la degradación, qué regusto en el arroyo.

—A las furcias les pagas para que se dejen hacer durito —decía el Muñeco, vanagloriándose.

¿Qué tan duro sería ese *durito* del que se preciaba? Mejor ni preguntar. Allá él con sus lances de Colombian psycho. Ya ni Tarabeo se prestaba para acompañarlo. ¿O acaso sí? Vaya uno a saber cómo son las cosas con Tarabeo.

En el fondo el Muñeco es pan comido: un tipo difícil pero predecible. Las sorpresas con que pueda fulminarnos no serán nada radicalmente nuevo, nada del todo ajeno a él mismo, más bien una compactación de su ser anterior. O sea: el idéntico Muñeco de siempre, igualito, pero elevado a la enésima potencia.

El enigma no es tanto el Muñeco, en últimas adivinable en sus ascensos y desbarrancadas. A ese yo me lo conozco, o eso creo. El misterio está más bien en Tarabeo, sibilino amigo, con más aristas que un poliedro y más alfabetos de los que puedo descifrar. Tarabeo, alias Dino-Rex, o Táraz. Él es quien posee la clave del éxito. Auténtico artista del engaño, maestro del disfraz y el disimulo, Táraz me embarulla a partir de la propia señalización de su cara: incompatibilidad entre su sonrisa invitadora y la tensión de su mandíbula de pitbull. ¿A cuál de los dos creerle?

Aunque en el fondo nunca sabemos nada. Yo creía que Muñeco, siempre en plan social y compulsión amiguera, era incapaz de aislarse porque debía aburrirse soberanamente en la soledad de su cabecita hueca, insustancial como un globo de helio.

Error de percepción el mío.

Sí que tiene Muñeco su propia y profunda psique, y es pavorosa.

Los Tutti Frutti éramos como guppys, donde iba uno, íbamos todos, y lo que hacía uno, lo hacíamos todos. Nada de secretos entre nosotros. Y sin embargo el Muñeco aparecía a veces con el ojo en compota o la cumbamba magullada, porque se había enredado en broncas fuera del colegio y con gente de la calle, de la que se toma en serio lo de romperse la cara. No nos echaba de menos ese Muñeco a la hora de exhibirse ante aquellos extraños, en camiseta esqueleto y jeans de tubo ultraestrecho, tan apretados que había que embutírselos con ayuda de bolsas de polietileno; pantalones pegaditos que te iban marcando el paquete, como a los toreros.

Muñeco podía llegar tarde a clase, a las diez y media, o incluso a las once, y hacer su aparición desparpajadamente y escondiendo algún guardado que lo hacía más importante, como si durante la noche se hubiera engrandecido y ganado en edad. Llegaba tarde no más porque sí, porque se había quedado dormido o más bien lo contrario, porque de noche no había vuelto a casa. Aun así, llegaba fresco y despercudido de sueño, mientras nosotros no terminábamos de despertar. En vez de quitarle méritos, sus exabruptos lo endiosaban.

No daba explicaciones. No respondía si le preguntábamos. O mentía: eso le gustaba. Nos engañaba o nos ignoraba, y sobre todo a los profesores. Había empezado a montar una vida en paralelo, aunque sólo después fuimos atando cabos.

Fiestero en exceso, camorrista y celoso enfermizo, tres atributos que lo envainan con frecuencia; él por sí solo engancha más trifulca que todo el resto de nosotros juntos. Nos vienen con el chisme de sus deudas y escándalos y nosotros minimizamos, será apenas un pleito de tragos, decimos, o enredos con hembra ajena, o rumba descarrilada. Una vez lo sacaron a palo de la casa de una de sus novias, porque orinó en unas macetas con palmas enanas que adornaban el comedor. Nosotros le celebrábamos todo, aunque ya no tanto, cada vez menos.

En Muñeco el desmadre es carisma, leyenda negra que los demás le envidiamos, al menos en el pasado. No demasiado negra, tampoco: mito chic de hijo de mami y adulto-niño echado a perder.

—Qué pereza los mierderos del Muñeco —nos quejamos.

¿Le pega duro a la droga? Cada vez más, aunque nada excepcional; es lo común entre ejecutivos de nueva generación. A Muñeco se le vuela la piedra y tiene accesos de cólera: así funciona su manera malcriada de ser un patán. No puede soportar que le lleven la contraria: se sulfura y sobreactúa una pataleta.

¿Beodo? Desde luego, pero eso no es su exclusividad. Las borracheras escandalosas eran bien vistas desde nuestros tiempos de Liceo, y hasta requisito para no pasar por freak. Todos éramos pichones de alcohólicos, aunque lo de Muñeco fuera más radical.

Coincidíamos en un código básico y lo asumíamos con devoción: culto al trago, prepotencia con las hembras, alevosía con la mamá, desprecio por los débiles y relaciones mierdosas con la vida en general.

A veces Dolly-boy se nos presenta de pupila giratoria y desenroscada. Y otras con lengua trabada, farfullar de incoherencias, una sed espantosa, apetito bloqueado, movimientos eléctricos, cinética acelerada. Impaciencia y avidez, como si no hubiera mañana. Síntomas de cuidado.

Malicia es drástica en su juicio.

—¿No las ves? Arriba, nubole pecorine —señala, porque vivió en Roma y sabe italiano—, nubes como ovejas. Mal signo.

—Pero si son simpáticas, esas ovejitas en el cielo...

—A mí personalmente no me gustan. Más bien vamos por pandeyucas a Panfino, a esta hora los sacan calientes. Yo invito.

En la historia de los Tutti Frutti, las fufurufas y las mujeres prepago aparecieron temprano.

Aunque a mí las putas nunca me atrajeron. No eran gente, así lo veían ellos, y a lo mejor también yo. No merecían consideración. No voy a mentir, a estas alturas para qué andar inventando: desde niños aprendimos que había mujeres decentes, las hermanas de los demás, por ejemplo, las de tu propia familia, las niñas que conocías en fiestas, bazares y proms. A ésas las tratabas de una manera, o como se decía: con respeto. Y había otras mujeres que eran para irrespetar. Unas que podías comprar o manosear sin consecuencias, darles órdenes y pordebajeo. Ni siquiera les preguntabas el nombre, y si te lo decían, enseguida lo olvidabas.

En casa de Tarabeo había una sirvienta flaquita que se llamaba Aminca, y hasta yo me retorcía al ver cómo la trataban él y sus hermanos; una vaina medio sádica, la amenazaban con las raquetas de tenis cuando no les obedecía en el acto. Sólo que eso tampoco se salía demasiado de los parámetros.

A partir de la preadolescencia se volvieron impepinables las visitas semanales a El Edén, que no era cualquier asquerosita cervecería de cuarta, sino casi un spa, o una clínica de garaje, todo muy aseado y aséptico, con chicas como enfermeras, de uniforme blanco. Digamos que alguien desinformado habría podido entrar allí a que le curaran una herida o le pusieran una inyección, aunque para ser equipo médico, ellas se forraban demasiado, exhibiendo voluptuosidades. Oloroso el ambiente a body lotion y a desodorante ambiental, luz supertenue con dimmer, cortinitas discretas y camillas con sábanas limpias donde te hacían masaje por unos pesos.

Una vez fui a El Edén, lo confieso. Una sola vez. Y esa única vez por presión de Tarabeo, que ganaba puntos en el establecimiento cada que introducía a un cliente nuevo, y captaba tanto novato que él personalmente disfrutaba gratis del servicio completo.

Ya desde entonces Tarabeo me resultaba enigmático. Era el único de nosotros que tenía novia fija, una chiquita del Santa María Goretti, la más deseada de todas. Le decían Minichí y tenía un pigmento violeta en el epitelio del iris como el que no he conocido en nadie más. O sea, ojos de color sobrenatural. También rubiecita ella, y cheerleader, una preciosidad de criatura: la joya de la corona.

Aunque hubiera podido escoger a cualquiera, esta Minichí se quedó con Tarabeo, que iba a visitarla en la puerta de su casa llevándole una chocolatina o una postal comprada en droguería, pero eso sí, echándose antes su pasadita por El Edén, para no llegar donde ella con hambre.

Durante el tiempo de noviazgo de ese par, la Minichí sufrió detrimentos que todos detectamos. Perdió año en el colegio y los inverosímiles ojos violetas se nublaron en gris.

Mi debut en El Edén no fue venturoso.

—¿Aceite o talco? —me preguntan apenas entrando, y una enfermeraza jovencita y bastantona, en realidad espléndida, me ayuda a quitarme la ropa.

—¿Qué cosa? —pregunto, paniqueado.

—Qué te gustaría, mi amor, ¿te aplico aceite o talco?

En medio de mi desconcierto, una mano conocida descorre la cortinita y detrás aparece desde su camilla el Píldora, empeloto y brillante y todo embadurnado, adobado en aceite, como un lechón listo para meter al horno. Se ve tremendo, el gordis, y yo estoy temblando.

—Mejor aceite, mano —me aconseja el Píldora con cara de connaisseur—, diga que aceite, Hobbo, el talco no es tan bueno, créame, yo ya hice la experiencia.

El Edén: anuncian masajes, pero venden pajazos.

La enfermera guapa me asigna la camilla contigua al Píldora, me invita a encaramarme y se me viene encima con el frascado de aceite aromático. Pero la detengo a tiempo.

—¡Sin eso! —creo que le grito, porque retrocede.

—¡Epa! No es para tanto... —ella trata de tranquilizarme y logra lo contrario.

—Fresco, hermano, relájese y verá —la voz del Pildo me llega a través de la cortina que nos separa.

Sé que me estoy jugando el todo por el todo. Si me quedo, seré uno, si me paro y me largo, seré otro y lo lamentaré forever. Me estoy feriando incluso el carné del Tutti Frutti, cómo irá a ser la burla de mis conmilitones, me van a odiar, me van a empujar al suicidio. O tal vez sólo me gane sus risotadas y su complicidad.

—Pasa a veces, chino —me dirán—, fiasco de principiante, no desanimarse, al próximo intento se le para, ya verá.

Reconozco que mi masajista es una morenaza suculenta: se da media vuelta y le veo unas curvas forradotas. Otra media vuelta: vuelca el escote hacia mí y lo que asoma me maravilla.

Me debato entre el horror y el deseo.

El placer o el sacrificio. Gozar o morir.

Tal vez si me dejo llevar... Si bajo la guardia y me doy al destino sin tanto remilgo... Tal vez.

Mi cuerpo reacciona positivamente y está a punto de ceder, pero en mi cabeza se desata una paranoia fuera de control. Me encojo, me enrosco, me protejo los huevos con ambas manos y me asalta, como en test Rorschach, una terrible secuencia de imágenes: una sala de cuidados intensivos, unos tipos castrando a un potro, un cuchillo abriendo en canal, una amputación de brazo. Soy un hereje y van a quemarme, soy un guerrillero y van a torturarme.

Me bajo de un brinco de la camilla de los masajes como si fuera mesa de operaciones, rescato mi ropa, me la pongo como puedo y me lanzo a la puerta, donde alguien me ataja.

—Si no paga, no sale —me advierten.

—Por qué voy a pagar, no debo nada, si ella al fin no me hizo nada —trato de justificarme.

—Su problema —me dicen—, apoquine, sardino.

Saco del bolsillo unos billetes arrugados, los entrego sin contarlos y ya voy huyendo calle abajo cuando veo que me persigue la morenaza vestida de enfermera. Ayúdame, le rezo a mi mamá, soy yo, tu hijo, acuérdate. Acelero el paso, pero la enfermerota corre tras de mí y ya casi me alcanza.

—¡Oiga, sardino! —me grita desde atrás—. Se le quedaron las medias.

Bajo la vista hacia mis pies, y en efecto. A su vez mis pies miran hacia mí, mendicantes. En el afán del escape, los he metido directo al calzado obviando los calcetines, mismos que la chica de El Edén trae en la punta de los dedos como con pinzas, como si llevara por la cola un par de ratones muertos.

—Tranquilo, sardino, pasa mucho la primera vez —dice ella, compasiva—, vuelva mañana, pelao, así vamos entrando en confianza.

Nunca volví.

No resisto que me toquen, desde chiquito me pasa. Odiaba que las amigas de mamá me estamparan un beso y me marcaran con su colorete rojo; esa boca ajena era una amenaza. Ni siquiera me gustaba que me besara mi propia mamá, o tal vez era ella la que no quería besarme. Qué fue primero, vaya a saber.

Sigo teniéndole no sé qué fobia al contacto. Todo es mejor de lejitos, tú allá y yo acá, y aire de por medio. Casi autista por ese lado, lo admito. Bailar es todo un reto, tremendo desafío, qué me dicen de ese tormento, alguien adherido a tu cuerpo en el mece-mece y el contoneo. Aunque en ese campo sí he tenido que ceder, porque no hay Tutti Frutti que no sea rey del mambo. Me hubieran ninguneado si no me hiciera el teso, ocultara mis manías y saltara a la pista a intentar desempeño.

En aquel desdorado episodio de El Edén, el Píldora, cliente contiguo, fue testigo de mi deshonra.

Hubiera podido delatarme ante los otros, y no quiso hacerlo. Rasgo a tener en cuenta.

No es que yo sea virgen, hasta allá no llego. Tampoco que sea adicto a la actividad de catre, que sólo se me impone de vez en cuando. Y si pasa, cuando pasa, que sea a mi manera y según mi estilo: rapidito y al grano, sin escenas de película ni alardes pornográficos. Más bien higiénico todo, medio impersonal y encondonado, sin tanto frote ni tanto roce. Lo prefiero conversadito y me despido al rato. ¿Amanecer con alguien al lado? Directamente imposible. Según yo, el alba es un asunto privado y en solitario. Tampoco invito a nadie a compartir mi cama, ni de coña, ni dejo que se arrunche en mis sábanas, en eso soy un bicho, lo reconozco, y ni se te ocurra apropiarte de mi almohada, ¡vade retro, Satanás! Y no por culpa mía, es cuestión de aversión, esa vaina me supera, qué quieren que le haga.

A mí, que no vengan con besuqueos. Ni a decirme secretos, los secretos son lo peor, me retuerzo, no resisto el bss-bss-bss de un aliento en mi oído; el vientecito caliente que sale de las personas a mí me frunce. Ni hablar de ronquidos o ruiditos con la boca, tengo que contenerme para no matar. Debo ser caso aparte y hasta cierto punto me arrepiento, pero en todo caso los masajes de El Edén no iban conmigo.

A los bares de striptease más bien sí, a eso los acompañaba, el Cilantro Picado, el Royal, el Night Stars. Mucho barcito perrata donde las chicas se empelotaban en la tarima y el cover era barato, al alcance de unos niños de colegio. A eso iba yo con ellos, siempre y cuando a las teiboleras no les diera por encaramarse en mi mesa y bailar encima de mí, refregándome sus delicias en la cara. Lo dicho: conmigo de lejitos, no soy tipo de full body contact. A mí el olor de la otra gente no me agrada. Usted allá y yo acá, suficiente distancia por medio y que su tufo corporal no me alcance, no gracias, guárdese su aliento, su chucha y su cachupeja, que yo me guardo los míos. Soy de piel arisca y nariz hipersensible, supongo.

A veces me da por pensar que con Malicia sí me gustaría. Alicia, Alicia, la lista Malicia, tan bella y ajena. Digo, si se pudiera. O será que quisiera tocarla precisamente porque no se puede, y como no se puede, con ella me siento a salvo.

Sin ella, el sueño es el orificio por donde se me cuelan los monicongos y me rasguñan por dentro. Me da miedo quedarme dormido. O será lo contrario: el sueño, una fortaleza, y la vigilia, una puerta abierta hacia lo indeseable. Me da miedo quedarme despierto. Ojo con mis noches de pálida: disparan la agresión de las cosas. Todo me ofende y no tengo defensas, y en cualquier momento suena el timbrazo del Muñeco, por el oído se me cuelan sus monitos y perforan mi caracol, el que con baba voy construyendo de adentro hacia fuera, como un molusco. Mi madriguera, mi carcasa erizada de chuzos externos, pero satinada y sedosa por dentro. Mi caracol es refugio, escondrijo que se ciñe a mí amorosamente. En su laberinto de nácar me introduzco resbalandito, aceitosito, como con vaselina, y me siento seguro. Aun así, los monicongos se dan maña.

Anoche eran sólo dos, según anunció por celular Dolly-boy. Otros muchos monicongos —los iniciales, o congénitos— acecharon mi primera infancia y me llenaron de un pánico hoy reactivado. Pero no siempre fui un timorato. Hubo un tiempo en que dominé mis miedos y aprendí a manejarme en las calles.

Fue a los nueve años y lejos de aquí, en las zonas más abandonadas de Detroit, donde fui a parar por el divorcio de mis padres, que consideraron conveniente enviarme a vivir un tiempo a USA en casa de mis tíos, mientras en la nuestra se aplacaba el clamor de su separación. Detroit fue mi camino a Damasco, el rayo que sacudió al niño aterrorizado que fui.

Artífice de ese milagro: el gran Damián, hijo mayor de mis tíos de América. Damián se compadeció de mí, el primito entrometido que llegaba de Colombia a estorbar, más inoportuno que peluche de regalo. Yo, criatura aturdida y recién aterrizada en vuelo de Avianca en el Detroit International Airport, con una maleta cargada de regalos para mi familia en el exterior, a la que apenas conocía de oídas y quizá por fotos. Y cuando digo regalos, me refiero desde luego a arequipe, bocadillo veleño, guascas para el ajiaco y harina de maíz.

Vino enseguida la presión de mi tía, la madre de Damián: vaya, mijo, Damiansito, hágame el favor, lleve a este niño aunque sea al cine, vaya cómprele una hamburguesa, que se entretenga el pobre, que conozca América, mire que se le acaban de separar los papás.

Y Damián: pero mamá...

Y ella, madre colombiana de cabo a rabo: no hay pero que valga, Damián, familia es familia y este muchachito es su primo hermano, sangre de su sangre, llévelo al cine, páguele un hot dog con palomitas, hágame la caridad.

Así empezó tan memorable etapa de mi vida, la de mi transformación. Lástima que sólo durara hasta mi regreso a la patria y consiguiente despedida de Damián.

Pero mientras duró, duró. En vez de llevarme al cine, mi primo me arrastró bien entrada la noche por los rincones donde pintaba grafiti, sobre muros renegridos y masas de cemento en despoblados distritos industriales, carcomidos por el óxido y el olvido. Ése fue mi privilegio, acompañarlo en incursiones heladas a las cuatro de la madrugada, bordeando las líneas de un tren inexistente y las orillas de un río fantasma.

¿Cómo eran los grafiti de Damián? No lo sé, ni siquiera recuerdo su cara, pero mi memoria guarda el timbre de su voz, su sombra proyectada por la luz de un farol sobre el asfalto, los movimientos rápidos y precisos de su brazo levantado. La emoción de esos momentos, el prodigio efímero y anónimo de un slogan trazado a mano alzada sobre una pared rota. Retengo el latido de esos cielos nocturnos pero extrañamente blancos. Y la nieve sucia en los andenes, y mis tenis empapados.

No podría describir los grafiti porque eran inestables, variaban según el ángulo. No representaban seres vivos y tampoco muertos. Ni buenos ni malos: tanto lo uno como lo otro, y así con todo. Ni lejanos ni cercanos, apenas ahí: no buscaban ser interpretados.

Los grafitis de Damián eran nuestra victoria.

También Damián fue promotor de mi cambio de aspecto: me hizo tirar los suéteres de lana, los pantalones de paño y las camisas de cuello y manga larga, y me introdujo al look urbano. Me enseñó a olvidarme del cinturón y a lucir calzón caído con boxer a la vista, a camuflarme bajo una capucha oscura y a caminar con las manos en los bolsillos. Me hizo ensartar un arito en la ceja, me regaló mi primer walkman, me enchufó los audífonos para escuchar Metallica, Anthrax y Megadeth, y me convenció de cambiar mis rizos de Shirley Temple por un corte recio como el suyo, deshilachado en guedejas y con flequillo en los ojos a lo Jared Leto, héroe trágico de *Réquiem por un sueño.*

A mi regreso de USA, yo era otro. Entré a estudiar al Liceo Quevedo y ahí tuve noticia de un grupillo preponderante, por entonces autollamado los Apaches, embrión de lo que más adelante se convertiría en los Tutti Frutti. Los tales Apaches me parecieron más que nada infantiles. Y me siguen pareciendo, ahora que soy uno de ellos. Apenas niños grandes, tanto hoy como ayer. Adultos infantilizados, yo mismo el primero, porque desde luego no me salvo. La inmadurez nos une y nos vincula a una marca transnacional: somos la generación que se niega a crecer.

En todo caso no admiré a los Apaches a mi regreso de Detroit; será precisamente por eso que ellos repararon en mí.

Me pareció un manojo de marisabidillos sentados al fondo del salón, burlándose de todo y de todos. Comparados con el gran Damián, estos muchachitos eran de juguete, y los desprecié todavía más cuando vi que se pajeaban por debajo del pupitre durante las clases, apostando carreras de eyaculación y disimulando la hilaridad.

Le decían *masturbatrón* a ese pajazo colectivo. Yo los espiaba de reojo y con desdén; en realidad me re-

33

pugnaban. Luego fui cambiando de opinión. Creo que empecé a observarlos con asombro, y hasta con envidia, yo, que era un onanista compulsivo, pero solitario y vergonzante. A diario cometía mi pecado y me sentía abyecto. Llevaba estampada en la frente esa marca de Caín, esa traición al cariño de mi madre y a las enseñanzas de Cristo.

Hasta que empecé a ver en los masturbatrones un interesante pacto de amistad, un buen ejercicio cardiovascular y una desinhibida expresión de amor propio. ¿Así que no había que esconderse ni darse golpes de pecho, ni hacía falta tener novia para disfrutar? ¿Ah, no? Acababan de revelarme la fórmula de la felicidad. El masturbatrón de los Apaches: declaración del derecho del hombre al placer en libertad.

Complicadillo ingresar a su grupo. Debí poner de mi parte; no me salió gratis. Para comenzar, tuve que lidiar con el fútbol, para ellos hobby de tiempo completo y principal pasión. Desde el principio me di al empeño con disciplina jesuítica; lo que para ellos era como respirar, porque le daban a la pelota desde bebés, para mí fue un parto con dolor. Ellos gozaban de habilidad congénita mientras que yo fui un converso, uno que llegó tarde al deporte y se fue afianzando con más voluntad que talento. Pero como todo converso, una vez ganado para la causa, me consagré como el más entregado. Un fedayín del fútbol, un místico del balón. Nunca pude jugar tan bien como el resto, pero compensaba mi incompetencia con el único don atlético que Dios me dio: desde niño corro rápido. Podía escabullirme y estar en todos lados al mismo tiempo, y ésa fue mi mejor carta de presentación.

Eso, más las clases semanales de taekwondo que mi papá ofreció financiarme, supongo que como compensación a su ausencia permanente. Aprendí a dar golpes como el yop chagui, el bakat chagui, el bandae jirugi y el dung chumok, y eventualmente hasta a partir brazos.

Aun así, ya separado de mi primo Damián, viviendo de nuevo en Bogotá y sumido en el hervidero de rencores y venganzas que era el proceso de separación de mis padres, la oscuridad de las noches volvió a mostrarme su lado amargo. Otra vez me replegué en mi caracol. Mis antiguos miedos fueron regresando, con idas y venidas, alzas y bajas: a veces yo lograba dominarlos, otras veces me doblegaban ellos a mí.

Los monicongos son sólo dos, o eso aseguró anoche el Muñeco, pero si me descuido podrían multiplicarse y hacer metástasis. Les tengo temor a estos estados de ánimo: los llamo de soledad perversa. Entiéndase bien, la soledad es lo mío, ella es el terso y sonrosado interior de mi caracol. Pero hay otra soledad, la intensificada, y ésa es tan maligna que ni la quimio la cura. Las noches de soledad perversa me muestran la cara más odiosa de la vida, que se vuelca en mi contra. Hasta mi propio caracol se torna irritante, como recubierto de sal, y me obliga a salir hacia el espacio desprotegido que se abre más allá de las sábanas.

Todos tenemos instintos asesinos, los llevamos bien guardados en el bolsillo. Quién no desea ver muerto a algún otro quién. A Donald Trump, por ejemplo, o incluso a tu propia madre, quién no ha pensado alguna vez, ojalá se muera la viejita y me deje en paz. Pero de ahí a los hechos, hay trechos.

¿Y si el Muñeco va cruzando la raya? Eso es algo que quién sabe.

Aun conociendo su fogosa biografía, ninguno de nosotros puede imaginar hasta dónde llegará. Nadie, ni siquiera Malicia con sus supuestas dotes adivinatorias. La llamo así, Malicia, aunque su verdadero nombre sea apenas Alicia. Malicia tal vez podría alertar sobre lo venidero, ella que desconfía de los Tutti Frutti y opina de nosotros cosas feas y seguramente ciertas. Dice que estamos enamorados de nosotros mismos, señores en un país de pobres, mentes ilustradas en tierras analfabetas, amos en feudos de despojados.

Yo aguanto sumiso sus regañifas, las encuentro justificadas.

También la propia Malicia tiene limitaciones y cada tanto pela el cobre. Dice y maldice ante mí, cuando estamos los dos solos en nuestro plan de amiguetes, pero frente a su novio el Duque se queda callada. Ante él se vuelve melosita, acomodaticia y modosa, como toda enamorada. Con Tarabeo se pega unos agarrones de miedo, sobre todo por política, y ante el Muñeco ni se mosquea, qué perdedera de tiempo, dice, para qué bregar a razonar con un descerebrado. Y aun así.

Pasa que ella no conoció a Muñeco en su espectro glorioso, y eso complica el juicio. Porque Muñeco llegó a ser Dios, hay que decirlo, al menos el dios del Liceo Quevedo. Bella figura y marcial, de corbata negra, camisa blanca impecable y blazer azul, con el arnés terciado y la batuta izada, cuando era director de la banda de guerra. Había que verlo en ésas para entender el carácter absoluto de su reinado.

Alumbraba el Muñeco por esos tiempos. Me hubiera gustado que Malicia lo conociera en tales momentos, y después sí hablaríamos con conocimiento de causa.

Recuerdo al Muñeco el día en que cierto exalumno se presentó de visita al colegio. No era un exalumno cualquiera; lo habían nombrado ministro de algo. Un altísimo cargo. Todo el plantel en uniforme de gala, formado en el patio grande, celebrando la comprobación de que sí era cierto. ¡Sí! Un exalumno del Liceo Quevedo convertido en ministro: prueba contundente de que se podía. Coronado el sueño de todo liceísta, la meta de todos nosotros, los nacidos para gobernar. Los dueños del país, los amos del universo. ¿Acaso no podemos llegar a ministros, e incluso a presidentes, o a magnates de Wall Street? Claro que podemos. Yes we can.

—Ustedes, muchachos, son la futura clase dirigente —auguraba el rector, exhibiendo como ejemplo al exalumno ministro que tenía parado a su diestra.

Toda la didáctica enfocada a ese objetivo primordial.

El rector y el ministro alternaban grandes frases ante nosotros, su público cautivo. Mientras tanto abajo, al frente de su banda de guerra, el Muñeco esperaba su momento. Porque no se dejaba derrotar así no más, nuestro Kent, alias Muñeco o Mi-lindo. Él sabía engatusar a la competencia, era ducho en dejar que se sintiera segura y afianzada, y entonces atacaba.

Dicha la última palabra por los del balcón, nuestro Muñeco montó en arrogancia y le dio entrada a la banda con un toque de arrebato que resonó por las verdes ondulaciones del campus. Qué trompetazos magníficos, qué despliegue de redobles, cómo sería la cosa, que hasta los humildes triángulos parecían lucirse con sus vocecitas de vidrio.

Y lo más soberbio: el bello director, al frente. Nuestro Muñeco. Pelito larguito de estrella de rock, pecho inflado con nobleza, envidiable el blazer azul, templado por la anchura de los hombros y por la voluminosa espalda. Todo un espectáculo ese Muñeco, que blandía el bastón de mando con maestría circense. Un crac para eso. Todos los demás: bajo su dirección y a su servicio. Los más enanos, ¡ping! con los triángulos; los menos dotados, ¡splashhh! con el platillazo, que debuta poco y no exige mucho; las trompetas al rojo; los bombos y timbas con voces mayores.

Y el Chucky, cual general en primera línea de fuego, al mando de esa infantería, esa caballería, esos cañones.

Hacia la izquierda, en la plazoleta del mástil, izaban la bandera patria.

Pero no, señores, ni siquiera la bandera era competencia para nuestro Muñeco.

Porque él, radiante y único en su especie, se proclamó one-man-show y empezó a arrojar el bastón de mando cada vez más alto.

Ya de por sí era prestigio máximo ser director de la banda. Quería decir que ganabas concursos, ejercías autoridad, te lucías ante los otros, visitabas colegios femeninos, atesorabas admiración y apetencia. Todo eso, todo: monopolio del Muñeco, que además de role model y figura emblemática era de lejos el más guapo. Bueno, a la par con Tarabeo en eso de la estam-

38

pa impactante. Los llamaban los Divinos y resultaban irresistibles cuando se paseaban juntos como dos pavos reales bajo los magnolios del campus.

Cosa notable, se parecían entre sí como dos gotas de agua, aunque Táraz más alto, más apolíneo y de mirada intensa, y el Muñeco más fornido y pestañudo, de dientes más parejos. No sé cuál de los dos rabiaba más de envidia ante el otro. Eso no lo sé, aunque sí una cosa: si alguien podía echarle sombra al Muñeco, ése era Tarabeo. Pero mejor ignorar esa relación de amor-odio, que no viene a cuento.

Vuelvo al escenario clave, en aquel día soleado con visita del ministro al Liceo, a partir del momento en que el Muñeco ganaba protagonismo absoluto.

La batuta remolineaba en sus manos en un despliegue de habilidad extraordinaria. Y luego volvía a salir disparada hacia arriba, un poquito más alto. Entre tanto, la bandera patria pretendía cumplir con su protocolo, buscando presencia, pero nada lograba al lado de la batuta del Muñeco, lanzada al aire contra un fondo de árboles y subiendo más alto que la propia bandera, desluciéndola, empequeñeciéndola, restándole significado.

Va para arriba esa batuta, erguida como un falo y restallando al sol por encima de los tejados, por encima incluso de los cerros orientales, que espejean detrás.

Mientras tanto en el balcón, ensombrecidos, el rector y el exalumno esperan una expresión de reconocimiento. Pero nada puede competir contra la batuta absoluta del gran Chucky, que vuelve a lanzarla más alto, y más todavía, y otro poco, ya rascando el cielo, ya rozando el infarto.

Nosotros los demás, conteniendo el aliento. ¿Se le irá a caer la endiablada batuta? ¿Qué tan alto podrá lanzarla el Muñeco sin que se le vaya al suelo con remate desastroso? Él insiste, retador, divertido, seguro de sí mismo, sabiendo que acapara la atención por entero. Porque nadie repara ya en la bandera, ni en el ministro, y menos en el rector, que se ve pequeñito en el podio.

Como en hipnosis el alumnado, al borde del grito o de soltar la risa apenas contenida, pendiente de las maniobras suicidas que ejecuta el Muñeco con ese palo magno, adornado en dorado y borlas rojas, y destellando como un meteorito a punto de estamparse en tierra. Y en cambio no. Como por arte de magia, cae de nuevo, triunfal, en la mano enguantada del Muñeco.

Lo recuerdo como si lo estuviera viendo. Ese día marcó su cúspide. El instante estelar del Muñeco, su estallido cósmico. Según creo entender, de ahí en adelante se ha ido produciendo el descenso.

Aun así, sólo Alicia, la hipercrítica Malicia, se atreve a vaticinar lo que vendrá más adelante. Lo que falta por ver, que según ella será cosa seria. Algo se está cocinando, está en ebullición, ya falta poco.

Fuimos cinco, los Tutti Frutti: Tarabeo, Muñeco, el Duque, el Píldora y aquí este servidor, a quien llaman —o me llamo— Hobbit. Digo que fuimos cinco, y aún lo somos. Porque no ha pasado lo que podría pasar, si es cierto que ocurre. ¿Juntos para siempre, como los cinco sentidos o los cinco dedos de la mano, como la quintaesencia del éter o las líneas del pentagrama? O más bien: cinco machos alevosos en el pico de su ebullición hormonal, que empujan la arrogancia hasta el filo y dan un paso adelante.

Tarabeo (alias Dino-Rex, Rexona, Táraz, Taras Bulba), el Duque (alias Nobleza, Dux, Kilbeggan), el Muñeco (Kent, Kento, Chucky, Mi-lindo, Dolly-boy), el Píldora (Pildo, Piluli, Pilulo, Dora, Dorila, Gorila) y yo, Hobbit (Bobbi, Hobbo, Job, Bitto): constituíamos el núcleo duro en aquellos días del Liceo. Y hasta la fecha. Más o menos.

Nuestro grupachón fue cambiando de nombre a lo largo del tiempo. Debió ser en segundo o tercero de primaria cuando Píldora, Muñeco y el Dux pusieron la primera piedra, se bautizaron a sí mismos Trío Apaches, juraron con sangre y compusieron un himno que estatuía tres principios básicos. Uno, los Apaches eran machos. Dos, los Apaches eran amigos. Tres, los Apaches permanecerían unidos hasta derrotar a sus muchos enemigos.

A pesar de ser trío, nada tenían que ver con música, sólo significaba que eran tres. Ahora, que el nombre elegido, *Apaches,* no guardaba conexión con los nativos americanos, y sólo indirectamente con el hampa cuchillera de la Belle Époque. Lo de Apaches cayó más bien por casualidad, aunque a posteriori le hayan surgido versiones más elegantes a ese bautizo.

Yo por mi parte me quedo con la que dice que los tres, Chucky, Dux y Piluli, estaban viendo televisión en la mansión de su majestad el Duque cuando la mamá de éste vino a despedirse porque tenía una fiesta de disfraz para adultos. A Píldora y a Muñeco esa señora, que era muy hermosa, siempre les había quitado el sueño, y supongo que al propio Duque también, pese a ser su hijo, o sobre todo por eso. Su mamá se llamaba Betty y era muy joven. Aún se

41

llama Betty y sigue siendo joven pese a los años, cuchi-barbie en plena forma y más joven que el propio Duque, gracias a los milagros del botox y la macrobiótica. Según les explicó a los niños la bella y rica Betty, esa noche iba vestida de gamberro parisino, o sea de apache: la gorrita con visera inclinada hacia un lado, la melena negra apretada en una lustrosa cola de caballo, el pañuelo atado al cuello, al cinto el zarin mortífero, y en particular el chalequito que se ajustaba a su torso remarcando la cintura y haciendo resaltar unos pechos estupendos, que impactaron a los críos y los dejaron boquiabiertos. Si así eran las hembras apaches, entonces eso querían ser ellos: apaches. El Trío Apaches.

Luego el Táraz se sumaría al grupo, y mi persona un par de años después. Fui el último y todavía no me explico cómo sucedió que contra toda evidencia yo terminara asociado con ellos; por ahora baste con decir que ya en mis tiempos, eso de *Apaches* sonaba ingenuo y se prestaba a chacota, y que a nuestra espalda en vez de los Apaches nos decían los Apapaches —o niños mimados—, y también los Mapaches. De ahí que en sesión plenaria decidiéramos cambiar el remoquete por uno más guasón, más a tono con la preadolescencia burletera y socarrona por la que atravesábamos. Por mayoría simple salió elegido los Tutti Frutti, nombre que conservamos hasta la fecha, y que con suerte conservaremos, si la fecha no se torna infausta.

¿El origen de esa denominación, Tutti Frutti? Nada prestigioso, más bien al contrario: unas gomitas de fruta, pegajosas, quiebramuelas y azucaradas, muy populares, que los ambulantes vendían a la entrada del colegio en medio del surtido de chicles, papas fritas, cajitas de uva pasa y cocosetes. Dulces recuerdos de infancia, o en todo caso agridulces, cuando no amargos del todo.

Digo que fui el último en ingresar a los Apaches y que eso sucedió en circunstancias improbables: si alguien no tenía empaque de apache, ése era yo. De hecho, me las iba fatal con ellos, sobre todo con Muñeco y Tarabeo, que me despreciaban y yo los odiaba: éramos agua y aceite. Ellos rumberos, atravesados y matones, y yo neura, distante y petulante. Ellos populares, patoteros y gregarios, yo hiperselectivo, encerrado y solitario.

Pese a desencuentros y discrepancias fui admitido en el cuarteto, que conmigo pasó a ser quinteto y así se quedó en adelante. Como me gustaba leer y me la pasaba encerrado con videojuegos y películas, al principio mis consocios me indilgaban sobrenombres hirientes, como el Viejo, Raris e inclusive Rosito, por un malhadado día en que se me ocurrió llevarle una rosa a la profesora de Sociales. Yo me tragaba esos sapos, con tal de pertenecer. Me libró de ellos *El Señor de los Anillos*.

A raíz del libro, los otros optaron por llamarme más bien *Hobbit*, como sus protagonistas. Yo, el Hobbit, un hombrecillo plácidamente instalado en su confortable agujero, del que detesta salir. Desde luego, sí. Me sentía totalmente hobbit, y aunque también este apodo traía su venenete, a mí me cuadraba; nunca lo encontré denigrante. Yo, que tan bien me la pasaba encerrado en mi cueva, reconocía en mí mismo una vocación muy hobbit. Y eso soy hasta el día de hoy, con cierto orgullo a ratos, otros ratos no tanto.

Yo, Hobbit. El traductor, el intérprete.

Yo, Hobbo. El filtro, el infiltrado.

Será por eso que no alzo la voz al cielo ni me quejo.

Ellos siguen siendo lo que eran entonces, y yo básicamente sigo fiel a lo mío; la única diferencia es que antes nos odiábamos y ahora congeniamos.

Del odio al pacto pasamos casi sin darnos cuenta. Mi pinta de chacho urbano, mi estatura sobresaliente, mis golpes de taekwondeka y mi notable sprint ya eran factores que jugaban a mi favor. Pero el detonante se dio en un recreo, cuando entre el Muñeco y yo le tronamos el brazo derecho a un tal Hernández, alias Hernia, que iba tres cursos más adelante y cargaba fama de abusón de los pequeños. En el mejor estilo del matoneo, el Hernia aquel se había atravesado en la puerta del baño para no dejarnos salir, ni al Muñeco ni a mí, que habíamos coincidido adentro. Por un angustioso momento, Hernia nos tuvo aprisionados y a su arbitrio. Y ahí fue cuando fue: una acción combinada de efecto fulminante entre el Muñeco y yo, hasta entonces rivales y de repente partners en la conquista del umbral y del escape: la hermandad de facto, el sálvese quien pueda de un par de cachorros en lucha de sobrevivencia. En menos de diez minutos, Hernia tenía quebrados el húmero, el cúbito y el radio.

Muñeco era el de la furia y la fuerza, pero yo entrenaba a diario mi taekwondo. Él supo reconocer el hecho: de no haberme tenido como cómplice, no habría podido vencer a un enemigo mayor y mal intencionado. Así acabamos de compadres y fuimos a celebrar a la salida de clases con granizados de Abelucho, ya muerto el pobre pero por entonces vivo, aunque reviejo y rechucho.

Debo confesar que fui razonablemente feliz durante mis años de colegio, y tengo amables recuerdos del campus tipo inglés y los estiludos edificios de ladrillo del Liceo Quevedo. Debo reconocer que en su biblioteca leí mis libros más amados, que tuve al menos tres profesores de veras excelentes, que los amigos que hice allí han sido desde entonces los más cercanos, y que si de niño fui un Tutti Frutti, sigo siendo un Tutti Frutti todavía, yo, que por aversión a lo gregario no pertenezco a ningún club deportivo o social, a ninguna secta o iglesia, tampoco a un partido político ni a la academia, yo, un cusumbosolo, un soltero empedernido que no tiene casa propia, ni tampoco auto, ni muebles tipo Ikea, y que ni siquiera ha tomado la precaución de comprar seguro médico.

Yo, que me considero apátrida y que no soy miembro activo de familia, yo, que aparte del recuerdo de Damián, mi primo, y del amor por mi hermana Eugenia, que vive lejos, sólo reconozco otra ligazón: la que me viene de infancia, la que me acompañó en la adolescencia, la que aún significa algo. Mi combo, mi parche, mi logia. Los Tutti Fruttis.

El escudo del quinteto, diseñado por mí —que a partir de Detroit me volví bueno para el dibujo—, destacaba contra fondo azul cobalto las figuras rampantes de cinco lobos coronados, pero amontonados, o montados unos sobre otros con tal de caber en el espacio de un triángulo, aunque del quinto y último lobo, el que me representaba, sólo entrara la mitad. Y rodeando a la manada lupina a manera de cinta, ¿cuál era el lema, también escogido por mí, lector precoz, hobbit y ratón de biblioteca? Inspirándome en el *uno para todos y todos para uno,* le puse sello al quinteto Tutti Frutti: uno para Tutti y Tutti para Frutti.

Todos para todo y cinco por cinco, así es y así será nuestro vínculo, hasta tanto no nos caiga encima una virulencia impredecible. Y si es impredecible, nadie podrá preverla ni sustraerse, ni siquiera Alicia, por muy bruja que se sienta. Nadie. O tal vez el propio Muñeco. Él mismo el único que sí, en esos tuits que viene colgando de vez en cuando.

Alguien más atento que nosotros podría leer ahí una voz de alerta, el anuncio de un horror, el aleteo de un pánico, como cuando difundió: *Me la vuela mi falta de autocontrol.*

Desde luego Muñeco es descontrolado, pero justamente el descontrol venía siendo su atributo admirable: sus excesos en las fiestas, su queridura tan propensa al abrazo, y esa bellaquería suya, tan espontánea, que le permitía brillar sin empeñarse a fondo. Pero está claro que todo proceso de egolatría crece y se infla hasta que revienta. *Me la vuela mi falta de autocontrol:* el Muñeco admite que no logra desobedecer el mandato de su propio ego.

Aunque en el fondo no creo en su maldad. Yo por él meto la mano en el fuego, o casi. La metería, lo juro, yo por el Muñeco me la juego. O me la jugaría, si no fuera por esos tuits que él mismo anda colgando. Y aun así.

No es posible que a la larga Muñeco resulte siendo un monstruo, dado que es uno de nosotros. Un Tutti Frutti más, ni mejor ni peor, un exalumno del

Liceo Quevedo. Con sus rarezas y sus despropósitos, pero acaso quién no. En el fondo un chino queridísimo, un pelao chévere y chirriao, igual o mejor que cualquiera.

Que nadie se anime a sospechar que el Muñeco, pura pinta e imagen —por eso le decimos Kent, Kento, Muñeco o Mi-lindo—, oculta dentro de sí a otro, o sea, a sí mismo, pero en su fuero interno; un fuero demasiado interno. Y sospechoso.

Al igual que nosotros, y desde un ángulo sociológico, el Muñeco es un ser relativamente malo. Relativamente. Pero cabe preguntarse si tras la maldad relativa no se esconde una absoluta. Bajo la maldad tolerada, ¿gravita una maldad intolerable, esperando que le llegue el momento?

Tendríamos tal vez que habernos alarmado ante ese otro tuit que colgó poco después, *Se me sale el demonio que llevo adentro*. Es cierto que siendo adolescentes cundió entre nosotros un culto en torno a esa entrega del Muñeco a la rumba extrema. Eso había sido cierto, y seguiría siéndolo si no fuéramos ya adultos y el jolgorio tupido del Muñeco, tan chic cuando era un adonis de melena fulgurante, no resultara revenido y melancólico ahora que los demás comentamos a sus espaldas, hombre, qué vaina, este Muñeco no crece. O también: hombre, qué vaina, noté al Muñeco medio raro, le ha dado por repetir los mismos chistes hasta el cansancio. O si no: hombre, qué vaina, el jueves pasado me cayó Muñeco por la oficina sin avisar y ya venía prendido, el Kent se nos está alcoholizando.

—Mierda, lo van a echar de la empresa.

—Cómo lo van a echar, si su mamá es la dueña.

Ahora que el Muñeco anda avisando que lleva el demonio adentro, quizá debamos sospechar que lo dice en serio: quizá golpea a las puertas del infierno.

Hemos ido cruzando la línea de sombra desde aquellas noches de los monicongos: él allá afuera, bajo el influjo de una luna malsana, y yo aquí adentro, amparado por mis rutinas y mis cobijas.

Ah, vida perra. Me duele el corazón, y no sé por qué.

El Muñeco, hastiado de placeres para débiles, va persiguiendo emociones renovadas, más intensas, con el loco combo de los desvelados. Mientras tanto yo aquí adentro, enroscado en mi caracola, sano y salvo. Pero entonces por qué. Por qué siento que ese viento agorero que sopla en la calle se cuela por debajo de mi puerta.

Me asalta la sospecha de que en el fondo Muñeco sólo sea la suma potenciada de todos nosotros. Los monicongos son dos, y el más chiquitico se parece a vos. Se parece a ti, y a ti, y a ti, y en el fondo es idéntico a mí. En Muñeco podríamos mirarnos como en un espejo, uno de esos de feria, que te distorsionan hasta la monstruosidad, sin que dejes de ser tú mismo el que asoma.

Aquí voy como puedo. Toda la confusa serie de episodios agoreros, escasa en certezas y cargada de ansiedad, ¿la sueño o la recuerdo? ¿La vivo como premonición? O más bien recapitulo, tiñendo los hechos sucedidos con los tintes de lo que aún no ha pasado y está por pasar. De un fondo borroso rescato frases sueltas, preguntas sin respuesta, respuestas sin pregunta. Imágenes de un mosaico que por mo-

mentos se integra y enseguida se dispersa. Persigo
antecedentes como quien pretende atrapar peces
con la mano.

2. El Duque (alias Nobleza, Dux, Kilbeggan)

Anoche mis horas pasaron tranquilas. Me vi *V de Vendetta* por quinta o sexta vez, y me produjo tanta desabrida euforia como la primera. Pedí un domicilio de pizza Domino's triple queso con anchoas, me la bajé con cerveza mientras escuchaba Arcade Fire, y me fui a dormir sin más. Los monicongos no me despertaron con golpe de teléfono, pero revolaron por mi cabeza durante el sueño, alados y ciegos como murciélagos.

Hoy amanecí en la resaca de una duda, tal vez deba consultarla con Malicia. ¿Y si los monicongos no son tanto heraldos negros, como ella sospecha, sino más bien ángeles de algún tipo, que se empeñan en señalarnos un camino menos obvio y más estimulante que el que tenemos asignado? No sé, me ha dado por pensar en la escena aquella de Muñeco, cuando mantuvo al colegio en vilo mientras lanzaba cada vez más alto la batuta. ¿Hacia dónde querrá ir, o a dónde querrá llegar, cuando reta así los límites?

Ya está encima el paseo del póker, y me preocupa que Malicia no quiera ir; dice que este año tiene reparos. Está programado que salgamos el sábado entrante, y como el lunes es puente, nos quedaremos allá hasta el miércoles. Cinco días enteros en el dolce far niente. Como todos los años, iremos a la finca del Duque en Atolaima. Pero Malicia dice que esta vez no se anima, le da flojera.

—Vas a venir o no —la conmino por teléfono.

¿Y si ella se empecina en su no? El paseo no sería lo mismo. Para empezar, es la más avezada en póker.

—No insistas, Hobbo —me dice—, la semana pasada estuve allá con el Duque, en su finca. Y la pasé mal. No pienso repetir.

Ella y yo hemos quedado en encontrarnos para discutir personalmente el asunto. Ella querrá explicarme qué la tiene tan cabreada, y yo querré convencerla de que venga pese a todo.

Se trata de la tenida anual que celebramos los Tutti Fruttis para rememorar buenos tiempos y ratificar nuestro juramento de lealtad. Eso básicamente. ¿Básicamente? Básicamente se trata de pasarla bueno. La finca del Duque es el escenario perfecto.

Y no estoy hablando de cualquier finca. No me refiero a un peor-es-nada acogedor y simpático en tierra caliente, lo que en idioma de clase media llamamos *una finquita,* con su porche con hamacas, ventiladores de pata, piscina verdosa en forma de ameba, mosquitero en cada catre y jardincito con palos de mango. No, no es eso.

Estoy hablando del finconón del Duque en Atolaima, su heredad de tierra caliente, como quien dice su estancia de recreo. Príncipe burgués que paga el estilacho con money de papi, el Duque es legítimo heredero de otras varias haciendas en tierra fría, las productivas, que llama, donde cría ganado de carne y mantiene hato lechero, más cultivos de vainas alimenticias, trigo, cebada y así. Pero ésas no vienen a cuento. La que me interesa es la de Atolaima: un verdadero monumento. Un canto a la vida.

Onduladas hectáreas de paraíso terrenal en pleno fervor del trópico, pero sin plaga que pique ni alergia que urtique, ni humedad asfixiante, ni lluvia macondiana. Me refiero a un equilibrio meteorológico perfecto: ni calor ni frío sino todo lo contrario, pura felicidad de sol en la piel, y noches frescas. Y un panorama acojonante que se extiende en trescientos sesenta grados sobre varias estribaciones de la cordillera, una detrás de otra hasta donde la vista alcanza. Más piscina infinita abierta al abismo, y río que corre allá abajo. Campos sombreados por chicalás generosos. Palmas de cera y yarumos que platean bajo la luna. Cancha de tenis y amplios espacios para ping-pong y billar. Cada huésped con su cuarto independiente y su baño privado, casi en plan Four Seasons.

Una vaina del carajo, buena vida a todo trapo, más no se puede pedir en ningún lugar del mundo.

El paseo del póker es la remembranza pálida y aburguesada de lo que antaño fueran nuestras excursiones anuales del Liceo, el evento más esperado del año escolar. Descontroladas aventuras de todo el curso por el Amazonas o la Orinoquía, la Sierra Nevada, las playas del Tayrona o los Llanos Orientales. Los treinta pelaos del curso en rueda libre y ensalvajinados, más un par de profesores que acompañaban sin imponerse. Todos, alumnos y profes, rodando a la buena de Dios por esos andurriales, evitando caminos socorridos y durmiendo bajo las estrellas, desafiando los peligros de esta patria ensangrentada y cocinando en olla comunal sobre la hoguera. Quince días de ropa húmeda y olor a pata. Más caídas, rasguños y diarreas, picaduras de bichos, jarana etílica y bromas pesadas, sobrevolando orografías como aguiluchos en pleno despeluque.

Nunca, ni antes ni después, hemos sido tan felices como en las excursiones anuales del Liceo Quevedo.

Ésos eran paseos. Esto de ahora tampoco está mal, aunque sea desteñido remake de aquello, en versión aquietada que cuadre con nuestro actual estatus de ya casi cuarentones y ciudadanos libres de toda sospecha.

Un paraíso terrenal, la finca del Duque en Atolaima. Pero uno extraño, donde te asalta la sensación de lugar impecable y al mismo tiempo desalmado. ¿Será porque allí no hay animales? Ni un perro, ni siquiera una vaca. Ni una gallina, nada que haga mugre ni ruido. Escurridiza, la idea de una finca sin animales. La compulsiva perfección del Duque y su vocación de orden y limpieza no dejan lugar para pelos de perro, babas de gato, cacareo de gallina o boñiga de vaca. Ni que decir de niños que griten o lloren. Los niños y los animales, los locos, los enfermos y los ancianos: incompatibles con la serena majestad del Dux.

Nada que se desafine, ni debilidades que demeriten un universo a tono con su regia persona.

A veces, cuando él está descalzo, me fijo en los dos dedos menores de su pie derecho, allá en su piscina, por ejemplo. O cuando se hace a un lado en la cancha, en medio de un partidito, y discretamente se quita el guayo y se retira la media. Me fijo: esos dos dedos se le encalambran. Se le encrespan hacia atrás en un súbito rigor, doloroso y eléctrico, que al rato desaparece. Le sucede desde hace años. Él disimula, pero yo me doy cuenta. El calambre empieza en esos dos dedos —el meñique y su vecino—, y a veces se extiende a todo el pie, que se tensiona convexamente en una momentánea histeria podal. Allá abajo, en su extremidad más extrema: la punta de su pie derecho.

Aunque él se haga el que no pasa nada, sí que está pasando, yo me doy cuenta. A veces me fijo en eso, y a partir de ahí imagino cosas.

Cosas ofensivas, en realidad inconfesables. Cosas como un inicio larvario de desarreglo absoluto. Una imperfección por ahora invisible y mínima, pero con proyecciones importantes. Una paulatina parálisis en el Dux, que tarde o temprano irá llevando al engarrotamiento de todos sus músculos. El anuncio de su futura derrota.

Todo esto es especulación de mi parte. Malignidades de mi propia mente. Debe ser apenas eso, pero cuando pillo ese instante de contracción, ese shock magnético en los dos dedos menores de su pie derecho, no puedo evitar pensar en un lento pero inevitable proceso de petrificación de toda su persona. Una simiente de caos que iría creciendo en su adentro como huésped indeseable. Y que debe ser, o podría llegar a ser, un reto a la devoción del Dux por el orden. La cara opuesta y oculta de su manía perfeccionista.

Son cosas de mínimo fundamento que desde luego no comparto con Malicia; ni siquiera me animo a mencionárselas. Ella, que se las da de filósofa, me respondería que estoy descubriendo el agua tibia y que no aporto nada que la sorprenda. Diría que eso no es problema exclusivo del Dux, porque acaso quién está libre de llevar por dentro el embrión de una muerte que indefectiblemente llegará al final, como supremo desorden y derrota.

Para los días de convivencia en el paseo del póker, hemos ido estableciendo responsabilidades y rutinas que respetamos año tras año. Apenas en llegando, nuestro top chef, el Dux, se corona con alto gorro cocinero y empieza con los preparativos de lo que devoraremos. El aporte en comida está bien reglamentado: los de billete (todos menos yo) llevan el trago, los vinos, los mariscos, las delicatessen y las carnes.

Todo el grupo disimula, pero no se le escapa que de mí no puede esperar mucho, así que me ha adjudicado material de desayuno. Yo contribuyo con leche, queso, arepas, café, huevos, naranjas y demás cosillas de precio módico. Nos hacemos los locos con el abismo económico que existe entre ellos y mi persona.

¿Cómo se explica esa condescendencia? En realidad no sé, tal vez se deba a que mi madre tiene apellidos que la acreditan como de buena familia, y a que mis abuelos fueron ricos allá por las eras paleocristianas. Será por eso, otra explicación no encuentro.

Después de desayunar, es obligado el partidito de fútbol en la liga interveredas, y luego nos tiramos panza al sol au-côté del agua. Hacia el atardecer jugamos al póker, cantamos viejas canciones y contamos historias ya sabidas, tomando como guapuchas a diurno y nocturno y en cada momento.

A pesar de que el Duque es el dueño de todo, quien realmente manda es Tarabeo: la vocación de dominio es lo suyo.

Tarabeo impone su porte y su presencia. Todo lo sabe, y lo que no sabe lo inventa. Distinguido pillo de cuello blanco, a punta de trapisondas ha hecho millones que luego triplica en el mercado negro. Pero con sexapil y estilacho, y por todo lo alto. ¿Qué aporta el Táraz al paseo? No me queda claro. Para todo se ofrece y al final sale con poco, pero eso es lo de menos: el Dux será Duque, pero Tarabeo es Rex.

Mi rey Tarabeo, Táraz, Taras Bulba, Dino-Rex, el gran Rexona: primus inter pares y líder del clan de los Tuttis. Él toma decisiones y los demás acatamos, de él son las iniciativas y los demás las seguimos.

Por su parte, Dolly-boy alias Muñeco hace de barman, y yo de DJ.

A nuestro alrededor se desplaza, inaudible e invisible, una tropilla de jardineros, choferes, guardaespaldas y empleadas del servicio.

—Tan mal no la pasamos, no jodas —le digo a Malicia, que sigue retrechera, y ella aprovecha para echar pullas contra lo oligarquitas que somos.

—Oligarquitas, ellos. Yo, vil clase media de la que cae en desgracia —me defiendo.

—Cuando estás con ellos te portas igual que ellos —ella tira el mandoble.

—Somos unos con unos y otros con otros, o acaso no, Alicita mi amor —reviro.

Alicita mi amor. Así le dice su novio el Duque cuando quiere algo de ella: Malicia capta mi indirecta.

La conversación se está poniendo áspera y eso no me conviene: mi objetivo es que venga al paseo y no lo contrario. Pero tengo razón, ella se vuelve irreconocible cuando está con el Duque, toda modosita y complaciente. Pensará que lo digo por celos y que sangro por la herida. Puede ser. El caso es que no me la aguanto cuando anda derretida con su novio, me parece que finge, o que se esfuerza demasiado. Me dan ganas de ponerle un espejo delante y señalarla, mírate, Alicia, mira en lo que te transformas.

Malicia es la gran excepción en el paseo del póker, al que no se lleva a la familia terminantemente. Sólo vamos nosotros, los cinco varones integrantes del Tutti Frutti, y también ella, en calidad de novia del dueño de casa, y además por derecho propio. Creo que en el fondo todos estamos enamorados de ella. Todos menos su novio el Duque, con quien piensa casarse a mediados del año entrante.

No llevamos familia, eso está estatuido, pero tampoco es como que haya tanto pariente para dejar por puertas. Bueno, salvo María Inés, la señora de Tarabeo, pero a ella no le gusta ir. Y tampoco le gusta que Tarabeo vaya. A él se le atribuye un matrimonio perfecto. Perfecto, ideal y modélico, aunque emproblemado desde el comienzo, según rumores que van y vienen y que el propio Táraz ni desmiente ni confirma.

De resto, la consanguinidad escasea: ninguno de nosotros ha tenido hijos, el bueno del Pildo es tristemente separado y el Muñeco y yo nos eternizamos como solteros.

Durante el paseo del póker brindamos con Kilbeggan en vasos altos cargados de hielo y nos abrazamos para no olvidar cuánto nos amamos. Y juramos por Dios que estamos dispuestos a hacer cualquier cosa los unos por los otros, uno para Frutti y Frutti per Tutti: sagradamente unidos en nuestra secta de apoyo mutuo, sean cuales sean las circunstancias.

Cuanto más nos vamos alejando los unos de los otros en el día a día, más enfáticas se vuelven esas declaraciones de fidelidad en las fechas ceremoniales de Atolaima, como si con eso compensáramos el reblandecimiento de la amistad, o al menos la pérdida gradual de entusiasmo que viene con los años.

¿Y Malicia? ¿Qué hace cuando se une al paseo? Lee un poco, otro poco teje, se asolea, chapotea en la piscina. Pero además le celebra los chistes al Duque, unge con loción antisolar al Duque, lo acompaña a dormir la siesta, le empareja la barba con unas tijeritas. Y lo peor, lo que más ha llegado a indignarme: una vez la vi sacándole una espinilla de la espalda, solícita como una geisha. Un espanto. Hasta que el juego del póker saca la fiera que hay en ella, y ahí lo destroza sin clemencia.

Aparte de eso, Malicia rabia y echa espuma por la boca discutiendo de política con el derechoso Tarabeo. Y conversa largo conmigo, cuando bajamos los dos a pasear por la orilla del río. Pero a la noche se encierra en su cuarto con el Duque.

Ahora me encuentro con ella en Crepes & Cakes: estamos aquí para discutir a fondo su asistencia o su ausencia en esta próxima edición del paseo del póker. Ella pide una crep de roastbeef y espárragos, y yo una de Nutella y banano. Ella café y yo té.

A mi apartamento en realidad no la invito, casi nunca traigo a nadie a mi cueva, me cuesta ser infiel a mi propia soledad. No sé si me explico, me lastima que invadan mis dominios, estos cincuenta y tres metros cuadrados donde apilo y atesoro mis películas, mis libros, mi colección de cómics, mis CD, mis fotos, mis acetatos. Es tal mi aprensión, que no dejo entrar ni a la señora de la limpieza; prefiero arreglar yo solo a correr el riesgo de que me cambien de lugar las cosas o me pierdan algo.

Por lo general, con Malicia puedo hablar en serio y en sincero. Con los otros fluye liviano un parloteo entre varones, no demasiado personal, siempre juguetón y superficial. Pero la cosa es distinta cuando Malicia y yo nos encontramos en algún café, o en lo que llamamos *la oficina*: una específica banca del parque El Virrey, al arrullo del viento entre los eucaliptus. Creo que ella no le ha confesado al Duque que se ve conmigo de vez en cuando, y yo por mi parte prefiero no darle bombo a esta amistad detrás de la amistad que ella y yo mantenemos.

¿Amistad, has dicho? ¿Amistad, corazón desbocado, así le dices a *eso*?

Salí a buscarla y ahora estoy con ella, cada uno sentado frente a su plato de creps.

—¿Te ha estado despertando el Muñeco con el cuento de los monicongos? —me pregunta cuando le suelto mis dudas al respecto.

—En realidad, no —le digo—. Lleva bastante sin llamar. Es curioso, parece que se hubiera aquietado. Al menos eso dice el Píldora. Dice que Kento últimamente no sale tanto, que desde temprano se encierra en su casa porque anda fanatiqueado con la coca.

—Lanzado a la drogadicción —dice ella.

—Adicción sí, pero no drogadicción. No estoy hablando de la coca-cocaína, sino de la coca-coca, mamita, la coca o balero. El boliche o capirucho. El balero, nena, el balero.

—No sé qué es.

—Eres analfabeta en cultura masculina. La habrás visto mil veces, es una bola pesada, de madera, que va atada con una cuerda a un palo. Un jueguito de malabares, parece una tontería pero es para expertos, agarras el palo y ensartas la bola, que trae un agujero, y el que no sabe cómo se saca un ojo tratando. A esa coca me refiero. De eso habla el Pildo. Dice que el Muñeco no sale de su casa por andar enganchado en la coca.

Al menos una vez al año, como un contagio, cundía en el Liceo Quevedo la fiebre de la coca, y no quedaba nadie que no anduviera por ahí con el jueguito, boleando la maza para ensartarla en el tallo, toc, toc, toc, o sea la bola para encajarla en el palo. Por todo el colegio se escuchaban los tocs, cada niño como un pájaro carpintero, toc, toc, toc: golpecitos de madera contra madera. Una, y otra, y otra vez, porque nada en el mundo es tan adictivo como la coca. Aún más que la Coca-Cola y casi tanto como la cocaína: la coca-balero.

En ese jueguito podías ser un amateur y limitarte al embochole simple, ¡toc!, media pirueta de la bola en el aire para que vuelva a quedar ensartada en el tallo. A esa operación sencilla la llamábamos embocar, o embocholar, y era apenas para principiantes.

Pero con el tiempo y a punta de práctica y paciencia, podías convertirte en experto, en verdadero mago del balero, y lucirte con maniobras de alto vuelo como la muñeca, la campana, la champaña, la inclinada, el doble toque. Yo personalmente nunca superé esa etapa.

Porque luego venía la categoría Iniciados. Una vaina casi mística, a la que sólo accedían viciosos como el Muñeco. Pero llegar hasta allá significaba elevar tu arte a niveles esotéricos. Un altísimo grado de especialización permitía ejecutar secuencias interminables que los espectadores de aquel fenómeno íbamos contando de a cien en cien. Proezas como la vuelta al mundo, sencilla y doble, la campana doble, la champaña doble o triple, la vuelta al mundo especial con ojos cerrados.

El Muñeco pertenecía a esta raza de campeones, y según el Pildo no ha perdido la habilidad en todos estos años. Aunque ahora, de adulto, practica el vicio en solitario. Lleva noches sin dormir por andar con ésas y va por ahí con la cabeza en las nubes y los ojos rojos. Al menos eso dice el Pildo.

—Es la inmovilidad previa a la tormenta —sentencia Malicia.

—¿Otra vez en plan sibila? ¿Y si te equivocas? Yo al Muñeco lo prefiero así, quietico y sereno. La otra tarde fue con el Pildo donde un proveedor de whiskies irlandeses, para llevar combustible al paseo. Compraron kilolitros de Kilbeggan, el favorito de tu chico el Nobleza. Todo muy pacato. Pildo dijo que de droga, poco.

—¿No te digo? El tal paseo del póker es pura tomadera de trago.

—No es sólo eso. También tiene su ritualidad y su nostalgia.

—Y mi chico el Nobleza tiene mucho de cafre.

Ya se viene Malicia con la confesión gorda, pensé, la siento llegar, la veo asomar a la punta de su lengua, ni siquiera hará falta inducirla, está que revienta sola, la urgencia por desfogarse centellea en sus pupilas. Y yo, consejero espiritual. Voy a escuchar sus reclamos con recogimiento, dispuesto a maniobrar sin escrúpulos y a decir lo que convenga, con tal de que ella afloje y se comprometa a unirse al paseo.

—¿Puedo llorar en tu hombro? —me dice, pero ni llora ni se me arrima, más bien empieza a burlarse de mi capucha—. Sácate esa capucha, Hobbit, pareces franciscano. Otra vez tú encapuchado como un monje loco, cuándo vas a dejar esa bendita moda, ya estás grandecito para andar de hoodie, además te tengo pillao, te encasquetas la capucha cuando vas de pelo sucio. Tan lindos que tienes los rizos cuando los lavas, pareces un Niño Dios de pesebre. ¿No te digo? Te da mamera lavarte el pelo, lo embutes en ese hoodie y juras que no se nota.

Me aguanto las pullas que me echa sobre mi pinta. Reconozco que quizá tenga razón, me quedo callado y dejo pasar discretamente la oportunidad de una dulce venganza, al no echarle en cara el desatino de sus modas en exceso imaginativas, coloridas e incluso estrafalarias. Allá ella si quiere abusar de su cuerpazo étnico emperifollándolo en atuendo tropical. En fin. Por mi parte, laissez faire; bella, ella, como quiera que sea. Ahí está el Duque para que la reprima; ése parece ser su papel. Se le ponen los pelos de punta cuando la ve aparecer en la fría y austera Bogotá de blusa de arandelas, minifalda floreada y sandalia roja de taconazos Dolce & Gabbana.

—A ver, suelta tu drama, cuál es el lío esta vez —le digo a Malicia, sin quitarme el tocado franciscano que tanto la irrita—. Dale, que tengo que entregar traducción. Voy contrarreloj y me falta un resto.

Le miento con lo de la traducción. En realidad desde hace días no busco chamba, me he dado a mí mismo un fin de año sabático para clavarme de cabeza en la obra completa de Alan Moore. Por ahora me las arreglo gastando poco y estirando la última paga hasta el límite de supervivencia. Ya después se verá, me arrimaré por el British Council y algo saldrá.

—Dale, Malicia, escupe tu tragedia.

—Pues qué crees, otra vez el Duque, ya ni sé qué hacer con él, te lo juro, Hobbit, ese man me la tiene adentro —Malicia suelta la risa—, mejor dicho al contrario, parte del lío es que ya pocón me la mete.

—¿No quiere hacer el amor contigo? Qué tarado ese tipo. Qué, ¿no se le para?

—Pues sí, se le para, pero anda demasiado ocupado... Siempre como en otra cosa, tu amigo el Dux.

—Qué otra cosa.

—La verdad no sé, otra mujer no es, de eso estoy segura, yo creo que anda enamorado más bien de sí mismo.

Malicia arranca a contarme que el martes pasado el Duque la llamó a las ocho de la mañana.

—Vente ya para acá, Alicita mi amor —le había dicho—, estoy en Atolaima, coge el carro y te vienes, escápate un ratico del frío bogotano que aquí abajo la temperatura está de lujo, vente ya mismo, no sabes qué ganas tengo de estar contigo.

—Estás loco, Duque —le había contestado ella—, pero si hoy es martes y estoy saliendo para la oficina, y tú qué diablos haces allá entre semana...

—Tuve que venirme a la carrera por un problemita que se presentó aquí —le había dicho el Duque—. Pero esto está exquisito, mi linda, no sabes qué clima templadito y perfecto, el agua de la piscina está maravillosamente fresca y en la terraza sopla una brisa divina, si no te vienes ya, me tiro por la baranda hacia abajo y tienes que ir a buscarme al abismo.

—No me hagas reír, tírate al abismo porque yo tengo que trabajar, es la propuesta más absurda que me has hecho en mucho rato.

—No seas tan rutinaria, princesa. Te vienes ya, pasamos aquí el día bien delicioso y mañana madrugados nos devolvemos para que llegues temprano al trabajo, qué problema va a haber, muñeca linda, un martes libre, qué te cuesta, dime por qué no, una vez al año no hace daño y en cambio yo muero por que nos arrunchemos, te lo juro, mi linda, ya hasta fiebre tengo de las ganas.

—¿El Duque quería *arruncharse* contigo un martes en Atolaima? —pregunto yo, divertido con el cuento.

En el fondo me alegra saber que las cosas van mal entre ellos; le doy cuerda a Malicia y me burlo de mi amigo. Aunque sé que después me voy a sentir mal, por desleal y por sapo.

—Ya sabes lo bogotanísimo que es él —me dice Malicia—, así llama a hacer el amor, *arruncharse*, qué palabrita tan anticlimática.

—Y qué pasó, apuesto a que caíste… —le pregunto, tratando de que la ansiedad no se me note.

—Pues claro que caí —confiesa ella—. Caí a pesar de la pereza de manejar dos horas montaña abajo por entre esas curvas y despeñaderos hasta Atolaima, yo, que no sé adelantar un camión, yo, que a todo camión me le quedo pegada detrás como una idiota. Y aun así caí en la tentación, y cómo no iba a caer, Hobbo, si hacía tiempo no me requerían de amores.

—Y sobre todo con tanta fiebre.

—Le dije al Duque que de todos modos me tenía que demorar un par de horas antes de coger camino, le metí una mentirilla, que dizque primero iba a pasar por la oficina para dar instrucciones porque iba a ausentarme. Puro invento. En cambio, despaché las instrucciones por teléfono y corrí donde Amanda, la que me hace las uñas. Pies y manos, le dije, plan completo. Todo tenía que estar perfectamente perfecto.

—Para no defraudar expectativas...

—Compréndeme, había que estar a la altura de ese súbito entusiasmo. Ya de uña rojísima, volé donde la señora de la cera, a que me depilara de cabo a rabo, literalmente.

—Lampiña como un maniquí.

—Le pedí que me hicieran el bikini, las axilas, el bigote y las piernas, no iba a llegar a mi cita de amor toda peluda como un gorila... Si hubiera contado con una horita extra, voy a que me hagan el spray tanning para aparecérmele al Duque morena-dorada como una diosa. Pero en fin, todo no se podía, además mucha demora le iba a bajar el input a mi galanazo.

—Desperdiciar esa ocasión única hubiera sido un crimen —no he debido enfatizar con lo de *única*, pero lo hice, supongo que me reconforta pensar en un Duque impotente, o al menos inapetente.

—Hubiera sido un crimen, un verdadero crimen. O sea que pasé más bien por donde mi amiga Olga Lucía, que tiene marca propia y diseña unos bikinis que ella misma cose, así a las volandas. Sin probármelo ni nada, y me llevé el mejor que había. Porque no podía caerle al Duque con un chingue viejo y medio desteñido, con lo que me critica porque le parezco demasiado hippy. Ya sabes cómo es él, siempre tan *prim and proper* y vestido como el príncipe de Gales.

—Por qué crees que le pusimos Nobleza —le digo—, él es de los que creen que en el campo la tierra no se compra, sino que se hereda. Y de Hugo Boss no baja, el hombre.

—Cuál Hugo Boss —dice Malicia—, comprar vainas hechas sería muy perrata para un Nobleza, un bajonazo de nivel imperdonable. Él, sólo paños ingleses confeccionados a la medida por su sastre de toda la vida, el mismo que fue de su padre y hasta de su abuelo, creo.

Malicia se queda absorta y voltea la vista hacia el ventanal, girando la mirada como si explorara el cielo. Es una tarde límpida y de sol, uno de esos solecitos invernales que tanto se agradecen en esta ciudad, y Malicia dice algo así como que adora el cielo bogotano porque es color azul hortensia. Y yo, que la observo a ella, veo que sus ojos oscuros reflejan el *azul hortensia* del cielo.

—Y arranqué hacia Atolaima hecha una muñeca —dice ella, saliendo del minuto de ensueño— y llegué a la finca del Duque hacia el mediodía...

—Bien depilada y lista para el amor.

—Calla. Tan pronto me bajé de la camioneta, vi que mi amante no estaba solo, y entendí cuál era *el problemita* del que me había hablado. El motivo para que anduviera por allá en día laborable —dice Malicia—. Adivina cuál era.

—¿Se le habría venido abajo el techo? No, eso no, una cosa de ésas nunca le pasaría al Dux. Más bien se le habría estropeado el filtro de la piscina.

—No. Le había caído un equipo de *Country Homes Magazine* para tomar fotografías y hacer un reportaje, porque su *casa de campo en tierra caliente* iba a ser portada de la revista. Ahí me tienes. El revuelo era bárbaro. Había una especie de joven productora en botas y chaleco, como quien dice a lo guerrillero, y ésa daba las órdenes. Y una reportera muy pizpireta. Y por supuesto una maquilladora toda suficiente, y un todero que se llamaba..., adivina cómo..., se llamaba Wilson Yisus.

—Alto ahí. ¿Has dicho *Wilson Yisus*? Déjame anotar en una servilleta esa cumbre de la onomástica nacional. Y qué papel desempeñaba Wilson Yisus.

—Wilson Yisus revolaba en cuadro. Era el de los mandados. Pero espera, que ahí no para la cosa. Había también un fotógrafo alemán, y por toda la finca tenían instalados reflectores, y telones plateados, y un enredo de cables. Aquello parecía un set cinematográfico. Habían cambiado los muebles de sitio, todo lo tenían patas arriba, con ese cablerío enredado por la casa. Y lo peor, aquí y allá habían puesto su *touch* con algún detalle.

—Ya me imagino, ya. *Touch* tipo sombrero tirado como al azar sobre una cama, o vaso con flor en el baño. *Un toque de color aquí y allá,* que llaman.

—Y algún pareo por ahí, como abandonado. Detalles de ambiente, ya sabes.

—¿Y el Duque? ¿No freneticaba con la intrusión, él, que abomina que alteren su minimalismo?

—Pues ni tanto. Sorprendente. Parecía contento con la idea de que su casa saliera en la revista. En medio de todo ese agite, ahí me tienes a mi enamorado. Impecable él, como de costumbre, vestido de lino blanco y oliendo a fino.

—De la gente distinguida se dice que *no arruga el lino* —digo—. ¿Y te has fijado cómo cruza tu novio la pierna? Lo hace con una naturalidad longilínea y exquisita, sin una gota de grasa ni de tela extra que abulte u obstaculice la caída perfectamente paralela de una pierna sobre la otra, para rematar en la suavidad de unos mocasines italianos. Siempre me asombra su aristocrática manera de cruzar las piernas, como sólo los muy altos y delgados pueden hacerlo. Un fenómeno.

—Por fin llegas, Alicita mi amor —había salido a recibirla el Duque—. Te demoraste siglos, caramba, me hiciste pasar un mal rato, pensé que ya no venías, pero acércate, mi linda, ven, te presento a esta gente de *Country Homes Magazine,* justamente les estaba hablando de ti, de tu belleza despampanante, y me estaban preguntando si no sería posible que te sentaras o te pararas por aquí y por allá...

—Por supuesto, el *por aquí y por allá* es la clave —interrumpo yo de nuevo.

—Calla, Hobbit, deja que te cuente.

—Nada premeditado, princesa —le había explicado el Duque—, algo bien casual para que aparezcas en las fotos de su revista, dicen que una presencia así las humaniza y las hace más interesantes, y yo estoy de acuerdo, claro, y cómo no, si eres divina, estás divina, nena, qué tal si te pones de una vez un bikinote así como de infarto y despachamos rápido este tute, y que se vaya de una vez esta gente para poder quedarnos solos los dos y dedicarnos a lo nuestro...

—Siendo *lo nuestro* el *arrunche,* claro —digo.

Malicia me cuenta que aceptó a regañadientes, llegando hasta la abyección al aceptar sustituir el bi-

kini que le había comprado a su amiga por uno negro
que le suministraron los de la revista, y todavía peor,
permitió que la maquilladora le limpiara el maquilla-
je que traía y lo rehiciera, *pero más sutil, menos recar-
gado.*

—¿Y tú te dejaste, temible Malicia? —le digo.

—Todo por amor, Hobbit. Y de ahí en adelante
quedé sujeta a la autoridad de la productora-guerri-
llera.

—Que tenía ideas profundas y espaciotempora-
les sobre la relación ser humano / arquitectura / paisaje —digo.

—Exacto. Y me hacía indicaciones del tipo *de-
bemos captar el estar callado de los materiales.* Y me
decía también, *tú aquí, sí, así, pero espera, no te me
pongas en el centro, mejor aquí a un lado y de espaldas,
para que no interfieras con la fuerza de la naturaleza.*

—Ya. Me la imagino, y también te decía, *quisiera verte reclinada en esta terraza como si no tuvieras
afán de nada.*

—¡Eso! —grita Malicia—, ésa era la tónica, *tú
allí recostada como si fueras a quedarte durante horas
absorta en el paisaje.* Esas frases me decía. O la mejor
de todas: *ven, tú, perdón, ¿cómo te llamas?, ah, sí, Alicia, ven, por favor, Alicia, te me paras aquí de perfil,
como si fueras una línea vertical entre los horizontes
azules del cielo y la piscina.*

Yo me río. Pero todavía no entiendo por qué Malicia no quiere ir al paseo del póker; hasta ahora no
encuentro nada criminal en los hechos del martes
pasado en Atolaima. Nada que ella no pueda perdo-
nar y eventualmente olvidar. Tanteo terreno. Vuelvo
a preguntarle qué hacía el Dux entre tanto.

—¿Tu amigo el Dux? —dice ella—, ya te dije, él muy inspirado y colaborando a tope con la puesta en escena. Empeñado en que todo saliera impecable.

—Comprende a tu novio, niña —digo—, todo lo suyo tiene que ser perfecto, tan perfecto como él mismo.

—Sí, claro, todo perfecto, yo incluida. Si lo vieras aconsejándome, que *con el pelo suelto no, mejor agárratelo atrás en una moña, que se te vea la finura del cuello porque lo tienes soberbio.* Yo le pedí una michelada porque me moría de sed y hasta ese momento no me había ofrecido nada, y va el Duque y se me presenta en cambio con un Hendrick's Fever-Tree...

—¿Un qué?

—Un Hendrick's Fever-Tree. Pero tú qué vas a saber de eso, Hobbo, tú eres como yo, de botella de Corona con casco de limón embutido en el pico. Pues entérate, Hendrick's Fever-Tree es ginebra helada con tónica y dos tajaditas de pepino fresco, en copa redonda de cristal blanco.

—Impresionante. Sobre todo lo del pepino.

—Y yo con la sed que tenía, me bogaba el tal Hendrick's. Y eso a la productora le disgustaba, tenía que interrumpir para volver a llenarme la copa para que saliera bien en la foto. Y tu amigo el Duque de lo más colaborador, también él compenetrado con las instrucciones, que *mejor sin aretes para que quede más limpio,* que *tal vez no te recuestes porque se te ve un tris de panza,* y ya hasta Wilson Yisus se sentía autorizado: *que ella no cruce la pierna porque se le engrosa el muslo.* Y *ella* venía siendo yo, claro, y el muslo *engrosado* era el mío.

—Fea cosa —me río—, ese engrosamiento de tu muslo.

—¡Ah! Y todavía más. La productora le pide al fotógrafo que me haga un *close up* donde se me vea la línea del brazo porque la tengo, según dijo, *sumamente correcta, no se le escurre ni un poquito.*

—Yo suscribo. Yo también encuentro *sumamente correcta* la línea de tu brazo.

—Pero espera, Hobbo, calla, que aún no has oído lo mejor. En cierto momento decidieron entre todos que como ese ambiente campestre era sofisticado, estaría bien que yo apareciera leyendo, y me trajeron el primer libro que encontraron. Adivina cuál...

—La Biblia del King James.

—No. El manual de instrucciones de una podadora Honda de césped con bolsa reciclable.

—Fundamental. El manual de Honda con bolsa reciclable es obra clave de la literatura universal.

—Lo que se dice un clásico. Y la productora: *a ver, Alicia, pero que parezcas absorta en la lectura.* Y yo: ya voy, ya voy, apasionante sobre todo este capítulo sobre la potencia del motor. Y a todas éstas, ya estábamos a media tarde cuando por fin esa gente recogió sus bártulos y enrolló sus cables y se largó en sus jeeps alzando nubes de polvo en el camino de tierra. Y entonces por fin, el Dux y yo nos quedamos solos y la gente del servicio volvió a poner los muebles en su sitio.

—Y empezó por fin el martes erótico —digo.

—Se me vino el Duque con ondulación sensual y voz seductora —dice ella—, ahora sí, mi preciosa, mi reina, nena linda.

—Ahora sí, Alicita mi amor —aporto yo.

—Así, en tono íntimo, me dice el Duque que vayamos a la piscina, para aprovechar el último ratico de sol. Y yo pensé, pues sí, sexo en piscina, por qué no.

—Obvio, sexo en piscina es de gran estilo, como en *Wild Things,* Kevin Bacon de ojo cuadrado viendo cómo se besuquean Neve Campbell y Denise Richards en el agua, o como Marilyn Monroe y Dean Martin, en esa peli que nunca...

—Ya para, Hobbo, no azotes con tu erudición cinematográfica.

—De acuerdo. Lo importante es que por fin te dieron gaver.

—¿Gaver?

—Te tienen en ayunas, nena.

—Ah, ya, gaver, ver-ga. Eres un cerdo. Pues no, no me dieron gaver, porque tu amigo el Duque se empeñó en hacer veinte piscinazos ida y vuelta en crol, y yo lo acompañé en los tres primeros y ya me rendí, me salí del agua y me tiré como una morsa al último sol de la tarde, y cuando por fin el Duque terminó con su agenda olímpica, ¡aleluya!, por fin, eche mija pa' la pieza.

—Al tan esperado clímax.

—Pues ni tanto, digamos que en ese momento el hombre se me quejó de lumbalgia mecánica por sobrecarga muscular.

—¡¿De qué?!

—Lumbalgia mecánica por sobrecarga muscular, léase dolor de espalda. Ya sabes lo específico y puntilloso que es él cuando describe sus achaques.

—Apuesto a que también se le habían encalambrado los dedos del pie...

—Dijo que la tensión nerviosa y el ejercicio le habían producido ese malestar, pero no problema, lo iba a superar con quince minutos recostado boca arriba. Eso dijo, pero como siempre pasa con él, acabas descubriendo otro motivo detrás del motivo. Y resultó ser que a las siete en punto de la noche, hora en que desde la cama el Duque prendió el televisor, empezaba la transmisión del match final del US Open.

—Y pasó el anunciado cuarto de hora...

—Sí, y también media hora más, y como el hombre seguía embebido en su partido de tenis y desconectado de todo lo demás, yo me dije a mí misma: basta.

—Te dijiste a ti misma: *basta* —recalco.

—Ya estaba hasta el gorro de mi gran romance de martes en Atolaima. Nada había sucedido y nada iba a suceder. O sea que me paré con mucho sigilo durante un set point particularmente absorbente, me monté en mi triste camioneta y emprendí la retirada, tan virginal como había llegado. Por eso te digo, Hobbo, si al Duque lo ponen a escoger entre un Hendrick's con Fever-Tree y una noche de amor con mi persona, no lo duda un minuto, se queda con el Hendrick's.

—Claro. Para ser deseable, a ti te faltan dos rodajas de pepino.

—Pero en cambio tengo *sumamente correcta* la línea del brazo. Y tú ¿no tenías que terminar una traducción? —me pregunta mirando el reloj.

—Vete tranquila —le digo, pensando en amarrarla para el paseo—, no te preocupes, el Duque te adora.

74

—Sí, me adora y me pone en un altar. Pero yo preferiría que me llevara a la cama.

Malicia y yo nos despedimos y regreso a pie a mi apto. Por el camino voy pensando en el altar que el Duque les erige a las mujeres. Un altar tallado en madera y bañado en oro colonial, con él entronizado en el centro y todas ellas rodeándolo para realzar su presencia. Ellas, todas ellas, Malicia en lugar preferencial, pero que no falte la duquesa, o sea Betty, su señora madre, ni sus tías, sus exnovias, sus socias o su enjambre de secretarias. Todas las mujeres de su vida deben estar encaramadas en ese altar de la adoración, empezando por Alicia.

Me siento mal por no haber defendido a mi amigo el Nobleza; actitud traidora de mi parte. Y al mismo tiempo consuela saber que el calambre del meñique se le está subiendo al pito.

El calambre del meñique en el pie derecho de mi amigo el Dux: una gota de envilecimiento, un grano de confusión, una semilla de soledad, un germen de desorden. Pienso que tengo razón, aunque no la tenga, y que ese enemigo infiltrado en su talón de Aquiles —en su meñique de Aquiles— ya va avanzando en su lenta pero implacable labor aniquiladora.

3. Tarabeo (alias Táraz, Taras Bulba, Dino-Rex, Rexona)

Por fin, el paseo del póker.

Otra vez los cinco juntos. Como cuando éramos niños pero tanto tiempo después, en este aniversario tan esperado y a la hora de la hora rendido ante una lluvia prodigiosa y torrencial, toneladas de agua embravecida que caen en diagonal borrando el mundo y liquidando opciones deportivas tipo caminatas por monte y partiditos de fútbol, para no hablar de asoleo en la piscina o pícnic en el río. Este diluvio de proporciones bíblicas se convierte en protagonista de la jornada, y nos deja a nosotros los Tuttis convertidos en humildes y desprogramados Fruttis.

Duque, Tarabeo, el Muñeco, el Píldora y yo, Hobbit: criaturas crespas de humedad que se hinchan de cerveza y juegan monopolio con fichas reblandecidas mientras esperan que escampe, lo que no parece posible y ni siquiera probable.

El paseo hace agua.

Esta quietud de humanos bajo techo pone de presente un año más de deterioro en nuestro empaque: tal cual kilo añadido, calvas que asoman, dioptrías adicionales, pastillas para la acidez o la gota. Ya no somos los niños que fuimos, aunque nos empeñemos en ignorarlo.

Se me viene un recuerdo de la primaria, los Tuttis nos aficionamos a un juego que llamamos el

77

Castillo de los Caballeros. Tenía lugar en el patio de atrás, al lado de los parqueaderos, un rincón feo del colegio, con piso de cemento, donde apilaban los bancos largos que habían sacado del comedor cuando los reemplazaron por sillas individuales. Era un juego bien simple, pero a nosotros nos gustaba. Le poníamos tanto empeño que acabábamos afiebrados, sudados y exhaustos. Se trataba de escalar esa montaña de bancos con nuestras espadas de palo en alto, y una vez en la cumbre, gritar que habíamos tomado la plaza. La acción entrañaba peligros, había palazos y porrazos, e inclusive riesgo real: bajo nuestro peso podían derrumbarse los bancos y aplastarnos. Nos habían prohibido jugar ahí, y eso aumentaba la emoción.

Hasta que un día, en el momento más agitado del asedio, el Muñeco se bajó de ahí sin motivo ni previo aviso y se sentó en un rincón del patio, a observarnos desde abajo con sorna y aire de superioridad

—Eso no es ningún castillo —dijo—, eso es un arrume de bancos viejos.

Sus palabras retumbaron, demoledoras. En el momento en que fueron pronunciadas, se quebró el embrujo y se vino abajo la credibilidad de nuestra gran aventura. Una batalla heroica sólo puede librarse si los guerreros la asumen de corazón y en plena convicción, eso se sabe desde la *Ilíada,* y el Muñeco acababa de develar una dura verdad: aquello no era ningún castillo, apenas muebles inservibles que se pudrían a la intemperie. Esa constatación nos descalificaba al instante como caballeros, nos despojaba de honor y valor y nos devolvía de un trancazo a nuestra realidad de niños chiquitos que se encaramaban en una pila de desechos. No nos quedó más remedio que bajarnos de allá, sintiéndonos idiotas. Nunca volvimos a jugar eso.

Tal vez el recuerdo me viene ahora a manera de advertencia; algo parece anunciar que esta edición de nuestro paseo anual podría ser la última. Es posible que al póker tampoco volvamos a jugar juntos.

—¿Qué le pasa a Tarabeo?

—Está enfurruñado desde que llegó. Se emputó porque aquí su celular no coge la señal. Tiene que hacer llamadas urgentes.

—Cómo que no le entra la señal, véalo allá, prendido al celular.

—No es el suyo, es el del Dux. Aquí sólo funciona el del Dux. Tarabeo se lo apropió y no lo suelta.

El Táraz se aleja para poder hablar donde no lo oigamos. Pero lo vemos gesticular. Va de un lado al otro a zancadas varoniles y sombrías, como modelo ultraflaca por la pasarela.

—Se ve alterado, el hombre.

—Líos de amores, como siempre.

Sale de uno para caer en otro. Aparte de la bronca con su mujer. A María Inés no le gusta nada el paseo del póker, dice que odia que él se le largue con los amigotes y se pierda cinco días.

—Así son las esposas con los maridos, sienten más celos de sus amigos que de sus novias.

—Al menos de las novias saben que son pasajeras.

—Y en cambio nosotros los Tuttis somos forever, diga si no, más pegajosos que gonococo de motel por horas.

—Somos una cepa resistente a los antibióticos, una gonorrea crónica.

Nos reímos de los viejos chistes.

Tipo extraño, es este Táraz, premeditado y dual. Por un lado, integrado, triunfador, rey del mambo. Un tipo divinamente, bien parecido, bien casado, bien vestido, rico, profesional destacado. Y al mismo tiempo más retorcido que un sacacorchos. ¿Escrúpulos? Tarabeo no sabe de eso. La falta de escrúpulos es la clave de su éxito.

Véalo allá, no se quita su cachucha roja y negra de los Cardinals, será porque le encubre la calva incipiente. El adonis Tarabeo, el del perfil apolíneo, la ex melena negra y la esposa perfecta, el de la vida feliz, el matrimonio ideal y las muchas amantes.

—Un seductor, el Táraz.

—Seductor, don Juan Tenorio. Seductor, Giacomo Casanova. Tarabeo es apenas un coqueto.

—Usté es una caspa, Hobbo. Nadie le cae bien, a todos nos crucifica con sus comentarios.

—Al Hobbo no le paren bolas, su mala leche es proverbial.

No les falta razón, no conviene menospreciar. Hay que reconocer que Tarabeo maneja con soltura un cierto código de la seducción, que consiste en ejercer atracción, presión y engaño hasta lograr el objetivo, sea el que sea: una mujer, un alto puesto, un buen negocio, un beneficio, una prerrogativa, un privilegio.

El Muñeco sigue consumido por el balero. Dele que dele con ese juguete. Se lo trajo hasta acá y no hay quien se lo quite.

—Qué vaina con él, tan afiebrado con esa joda.

El Duque anda ofuscado por el plantón de Malicia y yo medio hundido en la depre por esa misma razón. Ya estamos todos los que somos y somos todos los que estamos, y aun así parece que no hubiera quorum. No hay afinación: estamos los músicos, pero la orquesta patina sin director. La lluvia lo anega todo.

Allá abajo el río se comporta raro. Río Dulce, se llama, pero desconfío de su dulzura en estos momentos. Con tanta agua que le está cayendo, era de esperar que se desbordara. Que se revolcara en su lecho y escupiera sus ahogados a la orilla, algo así, dramático. Y en cambio no. Se infla y se esponja por dentro, como un pastel en el horno, pero mantiene la superficie calma, apenas aguijoneada por los chuzos de agua, como una piel picada por los pajaritos.

El aguacero nos tiene como atontados. Píldora es el único que mantiene la cabeza en su sitio. El bueno del Pildo, tan servicial como siempre. Hace lo que puede. Sirve tragos, trae aceitunas y maní, propone debates, ofrece puros: Piluli, el amable. No se diría que es gordo, pero está en la antesala: osito de peluche en cuerpo y alma, con grandes ojos de vidrio, redondos y asombrados.

Yo por mi parte trato de ayudar, dentro de las limitaciones de mi aspereza congénita. Pongo música. Me arriesgo con Adele, a ella le veo posibilidades de complacer al auditorio.

Adele fracasa ante el ruidoajón de la lluvia y yo pego un viraje épico: me dejo venir a todo volumen con Bon Jovi en *Blaze of Glory*, matar o morir en medio de balas y guitarras eléctricas. Mejor por ahí; los ánimos suben unos milímetros.

Como no tengo carro, me vine de Bogotá a Atolaima con el Duque, que me recogió temprano en la mañana. Nos sigue en su Mercedes el Píldora para marchar encaravanados, como conviene: la carretera es culebrera y no le faltan abismos y retenes guerrilleros. Por maldad le pregunto al Duque por su novia Alicia, sabiendo lo que ya me sé. Él se escabulle con rodeos.

—¿Alicia? Allá nos va a llegar, pero más tarde —miente.

A mí la ausencia de ella me achanta y al Dux lo tiene pálido. No lo mencionamos más, pero ambos sabemos lo que significa que Alicia haya escurrido el bulto. A él, el perfecto Nobleza, ¿a él lo deja plantado su novia en este evento emblemático del año? Mal síntoma. El Dux disimula: que no se note el fiasco.

De pasada paramos en Atolaima, o sea, propiamente en el pueblo de Atolaima para comprar la carne que el Duque va a preparar durante la estadía. Por el camino ha venido describiéndome sus recetas personales, su manera exclusiva de preparar steak tartar, lomo salteado, parrillada de chinchulines y otras pitanzas que califica en francés de superbes. Le pregunto por joderlo si no habrá olvidado el termómetro para carnes, sería grave que se le pasaran de grados. Él cree que va en serio y contesta que claro que lo trae, cómo se me ocurre dudarlo, trajo uno digital de bolsillo que marca en Fahrenheit y centígrados, recién patentado.

—Menos mal —falseo un suspiro de alivio.

—Sí, menos mal —dice con cara de circunstancias—, hubiera sido un desastre.

El carnicero del pueblo está advertido de nuestra visita y nos ha guardado las mejores postas de la matanza. Pero que nadie crea que el Duque se baja de su nave. Claro que no. ¿Él, todo vestido de lino crudo, aséptico como un cirujano, recién bañado y perfumado en Terre d'Hermès? Ni de coña podría entrar a esa carnicería de pueblo.

El local colinda con el matadero, altar sacrificial donde vaquitas jugosas son degolladas de madrugada.

Se baja en cambio de su propio carro el Píldora, y recibe instrucciones precisas del Dux sobre lo que tiene que comprar. El Píldora es el hombre de confianza, el de los mandados, el de los favores, el que no sabe decir que no, tan solícito siempre que los demás abusamos de su disponibilidad. Yo me siento un poco culpable y me ofrezco a acompañarlo. Me bajo con desagrado: mis tripas me aconsejan que no lo haga.

El Piluli, en cambio, es cosa notable.

Piluli, Píldora o Dora. Véanlo, vean al Dora penetrando en ese lugar indeseable con una sanfasón que me deja asombrado. Hunde las narices en el olor dulzón a cadaverina, no demuestra escrúpulos a la hora de inspeccionar, meter mano, seleccionar. No le hace el asco a la carne palpitante de los cuerpos recién muertos, ni a la visión impúdica de huesos, entresijos y tendones. Tampoco a la exhibición de órganos blandos y cárdenos en platón de peltre.

Admirable, de veras. En momentos así descubro facetas insospechadas en cierta gente; de dónde sacará el Pildo esa tolerancia al hedor, o será que hace lo que sea con tal de agradar.

Yo domino el impulso de salir corriendo, maluqueado por la resignación de mártir con que tanta vaca clava en mí su mirada yerta. Me ahogo encerrado en este cuadro tan Francis Bacon, el pintor del nombre ya de por sí cárnico, el amante de la anatomía abierta en canal, las heridas, los accidentes, las enfermedades, los azules de las venas, los rojos de los músculos, los amarillos de la grasa. La vida en estado bruto, la realidad en fase desgarrada. Yo no, por favor. A mí que me eximan, los cuadros de Bacon los prefiero en los museos, aquí el olor a muerte me está matando.

El Píldora compra jugosos trozos para que el Duque se luzca con sus recetas. Nuestro complaciente Dorila parece en su elemento entre los cadáveres colgados de ganchos; ni siquiera evita pisar con sus Nikes Tanjun los charcos de sanguaza.

Constato lo que ya había deducido antes: el Duque no soporta a los animales vivos y en cambio le atraen muertos, será, supongo, porque despiertan sus habilidades culinarias y estimulan su apetito. Y así con todo. A su disposición se extiende la naturaleza entera —hombres, mujeres, animales y cosas—, con la sola finalidad de producirle satisfacción y prestarle servicio.

Para obtener el visto bueno antes de cerrar trato con el carnicero, el Pildo Piluli se acerca a la ventanilla abierta del Dux y le va mostrando cada pieza seleccionada. El Dux responde con displicencia.

—Cómo quieren que yo haga un steak tartar con este chimbo de carne fibrosa —protesta.

Ya en la finca, nos acomodamos en las tumbonas de la galería. La lluvia bajonea los ánimos. Yo me clavo en la lectura de un libro, *El Rey de Amarillo*, de Chambers, con lo cual irrito a los demás. Tampoco ayuda la actitud del Muñeco, que no para de ensartar con el balero, toc, toc, toc, maquinalmente y sin esforzarse, apenas con flexiones suaves y precisas de su muñeca, como hipnotizado. Está en medio de nosotros, pero se halla a kilómetros. Mira alrededor con hastío, como pensando en los huevos del gallo. O a lo mejor no piensa en nada, toc, toc, toc, quién está ahí, ahí no hay nadie, sólo importa embocholar la bola en el palo.

De mí ya saben que soy medio aguafiestas y no esperan demasiado, en cambio el Muñeco de hoy decepciona. Algo le pasa, no es el mismo. Siempre se esfuerza por ser el alma del aniversario, el más juguetón del paseo, el más borrachín, bailador, abrazador, entusiasta y conflictivo, el Kento manirroto y generoso, el Chucky tenebroso, el pelao encantador, el futbolista estelar y atrabiliario, el vanidoso adorador del sol que se echa desnudo para broncearse hasta las nalgas, el atleta que a la hora del desayuno trota alrededor nuestro y practica lagartijas, mientras los demás le entramos al huevo frito y las arepas.

Esta vez no. Esta vez el personaje anda pasmado. Asusta sentirlo así, ajeno y hermético, y al mismo tiempo ávido. Como a la espera de algo, como a punto de parir, como si por dentro le creciera una planta trepadora.

Yo lo observo y no lo reconozco.

¿Quién es al fin de cuentas el Muñeco, o en quién se ha ido convirtiendo? No lo sabemos. Se nos ha vuelto un enigma. La que sí lo sabe es Malicia, o al menos eso creo. Hace unos días, ella me hizo la advertencia. Dijo que con respecto a Muñeco estamos atravesando la zona de calma que antecede a la tormenta.

El Muñeco. Esta suspensión de toda su persona en la monotonía inconsciente del balero bien puede ser apenas un prolegómeno. Una electrizada antesala.

La previa zona de calma.

La pregunta que se impone sería entonces: qué tormenta se avecina.

El Píldora quizá tenga una respuesta aproximada; al menos me ha contado cosas que arrojan ciertas luces.

El otro día, por ejemplo, me estuvo hablando de una noche, hace poco más de un año, en que acompañó al Muñeco a una incursión rara. Un lugar desconocido para el Pildo, de cuya existencia ni siquiera sospechaba. Caminaron juntos hasta lo que parecía un parking en desuso con un galpón ruinoso al centro, apenas cubierto por un techo de zinc oxidado que chirriaba con el viento como si llorara. Un lugar despedidor, en opinión del Pildo. Poco menos que un muladar, merodeado por figuras furtivas que se desplazaban como sombras.

Píldora había presentido fuerte el mal fario y le había preguntado al Muñeco qué diablos había ahí dentro.

—Emociones fuertes —había sido la respuesta.

Varios automóviles suntuarios que esperaban estacionados afuera le indicaron al Pildo que a ese desastrado lugar también concurría gente de mucho billete.

Me dijo que lo primero que detectó, desde antes de entrar, fue el hedor a violencia.

—A qué huele la violencia —le pregunté.

—Es un tufo viril de amoníaco y adrenalina —dijo.

Del galpón salía un murmullo taimado, roto a ratos por gritos: clamor de un público fantasmagórico que algo celebraba y luego volvía a aquietarse. El Muñeco hizo una entrada aparatosa, seguido pocos pasos atrás por un intimidado Pildo.

Algún espectáculo tenía lugar allí, en esa especie de anfiteatro cutre. Al centro caía un círculo de luces que no daban sombra y que iluminaban un tablado por el momento vacío. Una suerte de pequeño ruedo, a la espera del siguiente número. El público se agolpaba alrededor encaramado en tarimas: *un círculo de evocación maligna.*

Peleas de gatos. Eso era.

Un cirquillo romano donde gatos erizados se enfrentaban por parejas hasta la muerte, en estampidas de una velocidad y una ferocidad alucinantes. Me contó el Pildo que en torno a la destellante cólera felina funcionaba un ágil sistema de apuestas. Doy y voy, veinte mil por el atigrado. Pago. Pongo cinco por el negro. Vale. Todo o nada por el gris con blanco. Juega. Hasta que la arena entrapada en sangre despedía un olor que te entraba por la boca y te bajaba por el paladar con intenso sabor acre.

Ya instaladísimo en primera fila, lamiendo una paleta roja que se iba derritiendo y le pintaba la cara: ahí nuestro Muñeco, transfigurado por la excitación, la mirada incendiada, los brazos en remolino, todo él fuera de sí, gritándole vivas al más cruel de los gatos y abucheando al contendor vencido, que salía del palenque hecho un amasijo de pelo empegotado.

El Pildo se fue de allí; no quiso saber más. Ya había visto suficiente. En ese ruedo sucio de desgarrones y tarascazos, había sido testigo de algo: un pacto del Muñeco con su propio destino.

Éxtasis inducido por el sufrimiento ajeno.

—Dice Tournier, mi maestro, que nada marca tanto a un hombre como el momento en que descubre cuál es su verdadera perversión —le comenté yo a Píldora cuando terminó de contarme esa historia.

Perversión que se va sedimentando bajo las cobijas, oculta en los bolsillos, en los gustos inconfesables, en medio del pecho, hasta que echa raíces en los entresijos. Perversión que es urgencia de devorar, aniquilar y deshacerse de los desechos. ¿Ésa era la sombra que venía invadiendo, poco a poco, día tras día, el alma del Muñeco?

—A ver, chino Chucky —le digo al man, que sigue despanzurrado en la tumbona, dándole a la coca—, cuántas veces seguidas puede hacer la doble vuelta al mundo con esa vaina, ¿diez?, ¿veinte? Le apuesto a que no llega a treinta, cuánto quiere apostar.

No me hace caso. Medio sonríe, pero hoy el Muñeco es el cascarón del Muñeco; no juega con la coca, la coca juega con él. ¿Sosiego budista? No es eso. Como dice Malicia, el Chucky está a la espera. *Anda tras algo, tras no se sabe qué, con esa mirada hastiada e insatisfecha* (V. Penrose).

Por lo pronto nada sucede; estamos en fase previa y opuesta. La táctica infalible del Dolly-boy en el manejo del balero le permite ensartar una vez, cien veces, hasta mil; demuestra dominio de la situación y de sí mismo. En la exactitud de cada movimiento y en la reiteración mecánica, el Muñeco está contenido, apaciguado. Digamos que la coca enjaula a su ego tiránico en una zona de seguridad. El juguete obsesivo como ritual de autocontrol.

Aparte de la lluvia, todo fantástico: la finca del Duque sigue siendo el paraíso terrenal. Y sin embargo, hoy me agobia la sensación de que el bienestar de este lugar es como una capa de olvido. Sus delicias te distraen, te impiden ver lo que hay detrás. Algo se cuece, y no sé qué será.

El Duque se ha metido a la cocina para adobar y preparar. Tarabeo sigue enganchado en el celular.

El Píldora se ofrece de pinche de cocina, siempre en función de ayudarle a alguien en algo.

Yo en mi libro, página tras página, hasta que la cervecita helada me produce una como placidez. El Pildo sale oliendo a ajo y se quita la camiseta sudada. Se echa en una tumbona, cierra los ojos y se aletarga.

—Y era una sola sombra larga, larga y larga, sombra y sombra, una sola larga —le tomo el pelo con un nocturno de José Asunción Silva, el poeta suicida que él venera.

Y yo no tanto, en realidad yo no mucho, casi podría decir que Silva no me gusta nada, hasta fobia le tengo, creo, por decadente y depresivo. Desde el colegio Píldora y yo tenemos casada esa gresca literaria, un cara a cara entre León de Greiff, mi poeta favorito, y José Asunción, a quien Piluli tanto ama. Tanto que hasta se parece a él, igual de melancólico y decimonónico, ambos cachaquísimos y rolos, sobrevivientes del agonizante centro de Bogotá.

No es tonto, el Píldora. Ahí donde lo ven en plan underdog, en realidad es grato conversar con él. Más que nada cotorrear. El Pildo parece vecina pobre, lo conoce todo acerca de cada uno de nosotros, se destaca reconocidamente como nuestro biógrafo de cabecera. Tuttis al desnudo, Fruttis unplugged. Píldora es nuestra memoria histórica, y cada uno de nosotros es un capítulo en el recuento de su chismorreo. No, no es tonto, Piluli, pasa de agache, pero no se le escapa nada.

Al atardecer la lluvia todavía no ha parado, pero amaina y permite una especie de paz. Algo así como un indulto, un perdón de alguna clase, el plácido anuncio de un final. La escasa luz del cielo me hace pensar que esto no es más que un set cinematográfico y que el mundo va a desaparecer cuando el cielo se apague del todo. Si eso pasara, pienso, yo echaría de menos a estos viejos amigos. No puedo negar que los quiero; son lo único que tengo. Bueno, aparte de mi hermana Eugenia, pero ella está en Melbourne, y aparte también de Malicia, pero ella es la novia del Duque.

En plena noche la tormenta revive, ahora reforzada por violentas descargas eléctricas. Se quiebra el cielo en el zigzagueo de unos rayos que ni lanzados por un Zeus olímpico y deseoso de incendiar la tierra. Le entramos duro al Kilbeggan, ese whisky irlandés que le gusta al Dux: color ambarino, nota de miel y cuarenta por ciento de graduación alcohólica, según él mismo precisa en actitud de connaisseur. Ante la apoteosis de rayos y truenos nos sentimos pequeños, hermanados y desprotegidos, como hombres de las cavernas. Nos iríamos acercando entre nosotros, y amigando, creo, de no ser por el irritante toc-toc de la coca del Muñeco, que ha sonado todo el día y sigue sonando.

Me pregunto si esa machaconería será recurso del Dolly-boy para fastidiarnos y hacernos a un lado.

O si por el contrario será su reacción infantil ante el aislamiento en que lo tenemos desde hace unos años.

Qué sentirá él, al ver que sus antiguos gestos de poder son recibidos ahora con displicencia y cara de ¡ay, no, qué coñazo este Muñeco! ¿Caerá en cuenta de que ya no domina nada ni a nadie, con excepción de su juguete de madera?

Ese toc-toc me suena a tic-tac: cuenta regresiva del reloj.

Debe sentirse solo, el Dolly-boy: no hay que menospreciar la soledad de los ídolos caídos. ¿Será que nos odia? Como a todo lo que no puede controlar. ¿Nos verá como enemigos por haber desmontado el mito de su supremacía? ¿Quisiera vernos muertos? O tal vez quiera aniquilarse más bien a sí mismo, en función del dolor de quien ve declinar su propia estrella. Chucky, el muñeco atormentado que atormenta a los demás.

Con Pildo, el memorioso, comentamos aquella dramática vez, en la capilla del colegio, cuando Muñeco tendría once o doce años, en misa de Todos los Santos. El Muñeco todo ardor y devoción al frente del coro, con traje de monaguillo.

—Túnica roja y sobrepelliz de encaje blanco, el Muñeco, echándose el solo de *Ven, hostia divina* frente a todo el colegio.

Ojos entornados de fervor y timbre agudo de niño que aún no ha cambiado de voz.

—¡Paren, paren! Háganme el coro que aquí voy yo —pide Tarabeo, liquidando de un trago su Kilbeggan, poniéndose de pie y arrancando a cantar en falsete el *Ven, hostia diviiiiinaaaaa, ven, hostia de amor.*

91

Píldora y yo entramos en el estribillo con trinos arrancados de la garganta.

Desde su tumbona el Muñeco nos escucha haciéndose el que no, y nos dedica una sonrisa desabrida.

No sé qué se frustró aquella vez, si una vocación religiosa o una carrera de cantante. Sólo sé que algo pudo haberse roto en el corazón del Muñeco. Nunca como en ese momento se lo vio tan derrotado y resuelto a guardarse para sí las cosas de su intimidad. ¿Se volvió un patán a partir de ese día? No. Ya era mala clase desde antes, y siguió siéndolo después. Sólo digo que en ese día particular y en los que siguieron lo vimos huraño, un poco como está hoy.

Corren ríos de Kilbeggan y a estas alturas el toc-toc-toc del balero se ha vuelto francamente irritante. La desazón está a punto de estallar.

Y estalla cuando Tarabeo se exaspera en serio, salta sobre el Muñeco en un brinco medio payaso, medio asalto casi sexual, y sin darle tiempo de reaccionar, le arrebata el juguete y lo lanza por la baranda hacia la tormenta que ruge allá afuera.

Ese gesto imprevisto nos deja descolocados.

Cuando se repone de la sorpresa, el Muñeco resucita y ataca como una fiera. Tira al suelo a Tarabeo, lo sujeta contra el piso, le saca el celular del bolsillo y lanza el aparato a la reputa madre que lo parió, imitando un batatazo al estilo Babe Ruth.

—¡La sacaste del estadio, viejo Chucky! —le grito, aupándolo.

Estalla la excitación y nos volvemos locos. O nos hacemos los locos: es parte del libreto. En un arrebato de testosterona, Dolly-boy y Tarabeo se revuelcan por el suelo, se despeinan, una cachetada por acá, un pellizco en las huevas por allá.

—Párenla, maricas, que se van a recontramatar.

Se recontramatarían, tal vez, ganas no les faltan, pero todo esto es muy teatral. Desde antes de empezar ya nos sabemos el guion. Es el momento de intervenir para que el Táraz y el Dolly-boy no se rompan la jeta: ambos cuentan con que los detendremos a tiempo. Todo está escrito ya.

—¡No más! —el Dux ordena con su mejor tono autoritario, cumpliendo con la parte que le corresponde—. Quietos ambos, par de guaches, o se largan de una vez, esto no es un lupanar. Par de imbéciles. Qué tanta rabia, hermano —se dirige al Táraz—, si el celular que tiraron no era el suyo, idiota, era el mío.

Es verdad. Muñeco tiró al abismo el celular del Dux, con el que Táraz había estado dando lata todo el día.

Nos da risa, esta vez de verdad. Se ríe hasta Tarabeo, y quién lo dijera, también el Muñeco, que con el golpe de adrenalina se ha reactivado como títere al que le tensan las cuerdas, y accede a participar en la recocha. ¿Habemus Muñecus? ¿Otra vez asoma el pelao churriadísimo y pisco queridísimo de tiempos perdidos? O serán más bien sus monicongos los que reviven en él.

Pobre Muñeco, a veces me da lástima. Y otras veces me da miedo.

Por otro lado, nos hemos quedado sin el único celular con señal. Nada que hacer, estamos incomunicados. A la mierda el mundo de allá afuera; aquí adentro el ambiente se relaja.

93

—A la mierda el balero, a la mierda el celular, a la mierda todo jueguito mamón —dice el Duque—. ¡Ningún vicio solitario! Nada que joda el paseo. Al carajo también el librito del Hobbo.

Eso dice y manda a volar mi novela por los aires. *El Rey de Amarillo* aletea en la noche como una paloma despatarrada.

No me río, no se mueve ni un músculo de mi cara. Esperen y verán. Me retiro sin decir ni mu, me meto a uno de los dormitorios y salgo con un maletín, el de alguien, y antes de que me atajen, lo abro, lo sacudo desde el barandal y vuelco el contenido hacia abajo. Adiós ropa de quien sea, adiós camisas y zapatos y piyamas, cositas lindas, adiós, despídanse de su dueño, chao, chao.

El ejemplo cunde, los Tuttis se movilizan y aparecen otros maletines y otros bolsos que también salen disparados, junto con CD, aguas de colonia, chanclas, cepillos de dientes. Torneo olímpico de lanzamiento al vacío. Nadie se salva.

—Todos en la cama o todos en el suelo —gritamos—. Frutti per tutti y tutti fottuti.

Somos de nuevo jóvenes cafres de bachillerato. Hacia la boca de la tormenta sale proyectado este vaso, y este plato, mi cobija, tu almohada, la cachucha Cardinals de Tarabeo y estas pobres Ray-Ban antirreflectivas que a saber de quién serán, ¡vuelen, pajaritos, vuelen muy alto! Ojo que sube la marea y Tutti que se descuide puede salir disparado por la borda para ir a templar allá abajo.

Ahora sí prendió la rumba, señores, qué cosa más grande, caballeros.

—Que vivan los putos Tuttis.

—Los Fruttis inmortales.

—Los magníficos Tutti Fruttis.

¿Será verdad que los monicongos son cinco, y el más chiquitico se mata de un brinco?

Los monicongos son cuatro, si no te quitas te mato.

Como contribución al alboroto, Piluli nos sorprende con un regalo: una botella de ron viejo de Caldas. Será un trago barato y plebeyo, o lo que sea, pero para nosotros los Tuttis tiene valor inestimable y sentimental. No es cualquier cosa, el Píldora se ha sacado de la manga el gran símbolo: el tótem, el icono sagrado, el ron viejo de Caldas de nuestra primera borrachera en equipo, los Tuttis a los trece años enguayabados y en gran vomitrón, con regañifa del rector y notificación a los padres. Perronón iniciático durante la excursión escolar por zona cafetera, cuando sellamos nuestra fraternidad con votos etílicos.

In memoriam de la vez aquella y con la devoción debida, acogemos al Viejo de Caldas y lo paladeamos a pequeños sorbos, como la sangre de Cristo en la primera comunión.

—¿A por el Castillo de los Caballeros? —propongo.

Gritos feroces y entusiasmo bélico. Retrocedemos diez años, veinte, veinticinco. Risas infantiles en cuerpos adultos que con todo y ropa acaban a empellones entre la piscina. Gran desatino, eso de bañarse bajo una tormenta de rayos. Mejor aún, incentivo adicional: riesgo de salir más rostizados que pollos de Kokoriko. La gran masa líquida se ilumina pavorosa con los bramidos del cielo, se activa la de-

95

fensa de la plaza a palazos y estocadas, y nosotros los Tuttis nos desgañitamos con *Lost Woman,* de Keith Relf, vocalista de los Yardbirds que murió electrocutado en el agua de su tina.

Otra vez somos chinos chiquitos y grandes amigos, compañeros de peligros y aventuras: Tutti Fruttis forever. Duque, Tarabeo, Píldora, Muñeco y Hobbit: cinco niños contentos. La borrachera nos ha devuelto al pasado.

Al menos por un rato.

Amanece demasiado temprano y me levanto demasiado tarde, abotagado. Ha parado de llover. Al río se le apaciguó el hervor intestinal, el pasto despide olor y vapor, la piscina es una quieta sopa de hojas y el mundo está encharcado. En alguna hora sin aire soñé con Malicia, o eso creo; ella llevaba puesto algo que me producía inquietud, algo inconveniente, tal vez un abrigo pese al calor. El sueño parece nítido, pero se deshace al ponerle palabras y me deja aquí solo, con esta resaca que quema la garganta y estalla en las sienes. Tengo sed hasta en el pelo. No me apunten para el fútbol, hoy no cuenten conmigo, yo me estoy muriendo. Sólo quiero una cerveza helada.

Alguien dice que no hay, ayer la liquidamos toda. Mala vaina, con este calor.

—No es calor, es humedad.

—Lo que sea.

Me ofrezco para acompañar al Píldora, que sale hacia el pueblo a comprar cerveza. Lo hago para seguir jodiéndolo con José Asunción, su amado poeta, refregándole uno de sus versos más edulcorados. Por mucho que se esfuerce, el Pildo no va a encontrar chambonada equiparable en mi León de Greiff. Con mi poeta voy a la fija en esta batalla.

—Espere, Piluli —le grito cuando va arrancando—, pare, lo acompaño.

—A qué le debo el honor —dice el Pildo en su idioma cachaco, y me abre la puerta de su cipotudo Mercedes.

—Yo también soy amable —digo.

—Usté lo que quiere es escampar bochorno en mi aire acondicionado. Ya que vino, chino Hobbo, acompáñeme a hacer un catorce. Un favor para Tarabeo.

—Lo nuestro es hacer favores.

—Una llamada. Dice Tarabeo que llamemos del pueblo, porque aquí estamos incomunicados.

—¿No han buscado el celular del Duque? Habrá caído allá abajo.

—Quién lo va a encontrar en la jungla mojada.

—¡Mierda, mi libro! Qué hijueputas ustedes, me tiraron *El Rey de Amarillo*.

—Un rey menos. Viva la República.

—Qué llamada hay que hacer.

—A una novieta del Táraz. Una que tenía antes y que ya no quiere tener. Se llama Angélica.

—Y por qué mierda no viene él mismo y la llama.

—Precisamente, no quiere que ella sepa que es él.

El peregrino propósito es que el Pildo le haga creer a esa Angélica que él es el tipo que instala pebeteros a gas de exteriores. Ésas son las instrucciones de Tarabeo.

—Para qué mentirle a esa mujer —digo—, o es que vamos a asaltarle la casa.

—Tengo que pedirle las medidas de su terraza, dizque para la instalación del pebetero. El Táraz se lo prometió. Pero amárrese el cinturón, Hobbo, no sea vago.

—¿Táraz le prometió un pebetero a gas a una nenorra que se llama Angélica?

—No se llama Angélica, se llama Mónica.

—Usté acaba de decir que se llama Angélica.

—¿Mónica o Angélica? Mierda, ya no me acuerdo. Tal vez sí, Angélica. ¿O Mónica? Ah carajo, déjeme revisar, búsqueme en la guantera un papelito donde anoté su nombre y su número. No vaya a ser que meta yo la pata. Es verdad, se llama Angélica, y tiene agarrado de los huevos a Tarabeo.

—Y a propósito de huevos, también se acabaron. Compremos para el desayuno.

El Píldora habla y habla y yo medio lo escucho como quien oye llover, aunque ya no llueve y además no es cierto, también a mí me gusta husmear las pequeñas miserias de los demás. Es la especialidad del Píldora, no hay detalle oscuro que se le escape.

Dice que el Táraz anda desesperado con esa Angélica que lo extorsiona. Lo clásico: lo amenaza con contarle todo a María Inés. Típico mierdero de Tarabeo. Lo que sigue es abecé de cartilla: a punta de coacción, la Angélica le arranca al Táraz toda clase de promesas. Le hace jurar que se va a divorciar; que va a llevarla a surfear a Bondi Beach, Australia; a montarle apartamento con vista panorámica en el Bagazal; a ser feliz con ella y a comer perdices.

—Y a instalarle un pebetero a gas en la terraza —digo—. Pero súbale al aire acondicionado, Pildo, que me estoy asando.

¿Enamorado, el Táraz? Nooo, qué va. Nunca jamás. Su regla número uno: no enamorarse. *El seductor nunca ama, pero siempre dice «te amaré por siempre»*.

—Aprenda, pues, Hobbo mijo —me dice el Pildo.

Un poco me sorprende todo ese cuento. Algo no cuadra: cómo es que el Táraz con tanta experiencia fue a caer en trampa tan socorrida. Según Pildo, esta vez se equivocó. Se precia de tener el timing perfecto, siempre cronometrado al minuto, pero esta vez le falló. Dice el Pildo que Tarabeo dice que al ligue nunca hay que llamarlo más de tres veces. Tres citas y chao candao, si te he visto no me acuerdo. Tres citas y hacerse humo, largarse sin dejar rastro, por eso no les da a las hembras datos que les permitan ubicarlo.

—Ése es su bla bla bla —dice el Pildo—. Tarabeo se cree más zorro de lo que es. Yo lo conozco bien, hermano. Muy carretudo, ese man. Yo a usté le podría contar vainas.

—Ahórremelas.

—Se enredó con esta Mónica y no sabe cómo zafarse. Yo creo que la odia.

—El Táraz las odia a todas.

—A esta Mónica peor.

—Se llama Angélica.

—Se llama Mónica, y el Táraz la ahorcaría si pudiera. La haría picadillo y la echaría al inodoro.

—¡Y café! —pido.

—¿Se acabó el café?

—No, un tinto. Paremos en ese chuzo y nos echamos un tinto que nos reviva.

—Pero una tragedia jala a la otra y, al mismo tiempo, a María Inés le da por hacerle una reforma radical a la casa en que viven.

Hace años, cuando María Inés y el Táraz compraron esa casa, era de construcción nueva y estilo antiguo, pero ahora que ya es antigua María Inés quiere que parezca nueva.

El Pildo orilla el Mercedes en Frito-Rico.

—Venga, ahí, en esa mesita en la sombra —indica.

—Sombra, sí, me gusta, *y eran una sola sombra larga,* sola y larga, larga y sombra, sombra y sombra...

—Lávese la boca antes de meterse con Silva.

El Piluli a la mesera: oiga, muñeca, tráigase dos tintos y dos jugos de lulo con hartico hielo.

La cosa es que en la casa María Inés trae loco al Táraz con una cuadrilla de reformadores, arquitectos, obreros, ingenieros, diseñadores de interiores, todo el día haciendo ruido y levantando polvo. Eso, por el lado de María Inés. Y por el otro lado, la tal Mónica chuzándolo para que le amueble el apartamento del Bagazal. Y montándole numerito cuando no la complace.

—Ya. Y él echándose la mano al dril y pagando gastos a lo loco, para un lado y para el otro, billete para la esposa y billete para la moza. En el fondo los dramas existenciales del Táraz se resuelven saliendo a comprar un nuevo sofá.

—En este caso, dos sofás. Creo que lo único que de verdad le duele al Táraz es lo mucho que le cuesta el jaleo. La gastadera de dinero.

—Conociéndolo, yo diría que salió del lío levantándose a una tercera.

—Es correcto. Enseguida apareció una tal francesa de Marsella que se llama Aimée. Pero ése es otro cuento. Échese ese tinto y vámonos, Hobbo, los mosquitos están atacando.

—Espero que a esa Aimée de Marsella no tengamos que llamarla.

María Inés perdona la cornamenta. ¿No sospecha nada de nada? Al contrario, siempre ha sabido todo de todo. Y se lo aguanta, porque le conviene.

—Deje, mano, yo pago. ¡Ayyyy! ¡Pero miren quién apareció aquí, retratado en este billetico de cinco mil! No me jodan, qué carita más linda, qué ojitos melancólicos, pero si es su amor, Pildo, ¡el propio José Asunción!

María Inés se hace la que no sabe y su matrimonio va sobre ruedas. Tiene clara la vaina: el problema no es que se sepa, sino que se sepa que uno sabe. Que su marido el Táraz haga como le plazca, con tal de que a ella no le venga a refregar sus romances por la cara. ¿Separarse, ella, por esa tontería? No señor, ella no es boba. Y en lo que respecta a Tarabeo, ¿separarse él, para poder dedicarse de lleno a su vida de soltero?

—Bien pueda, niña, quédese con el vuelto —le dice el Pildo a la mesera.

Separarse no, eso al Táraz ni se le ocurre. No se trata de eso. ¿Divorciarse de María Inés? Ni de coña, nunca lo va a hacer. Y eso que lo anda meditando desde que se casó con ella.

—A usté le consta —me dice Píldora—, cada que el Táraz se la amarra, se suelta a llorar de añoranza por su vida de soltero.

¿Pero divorciarse? No, no se va a divorciar. Lo suyo es la doble vida y el merequetengue. Siempre con un pie en lo legal y el otro en lo ilegal.

—¡Ése es nuestro Táraz! Así en los negocios como en el amor.

Y sin embargo, Tarabeo y María Inés sí se separaron una vez. Pero ya hace mucho y por poquito tiempo. Más o menos al principio; llevarían apenas un par de años casados. Separarse y desatarse fue todo una: Tarabeo se lanzó a la rumba con una modelo de Valeria's Secret que andaba rodando por Cartagena. Y le vino el arrebato arquitectónico y se mandó construir un pent-house de soltero. Pero antes —faltaba más— se aseguró de que María Inés quedara instaladísima en la casa esa de estilo antiguo y él no se llevó nada, le dejó todo a ella, muebles, carros, todo, más una buena renta mensual. Y él se lanzó al desmadre. Cada semana una nena, actrices, secretarias. A la chica de Valeria's Secret, la siguió el catálogo completo de Elite World Bogotá Models. Pero el Táraz no es del todo inculto, no hay que subestimarlo, también le gustan letradas, y hubo periodistas, abogadas, estudiantes universitarias. De todo, como en botica. Como cortadas con la misma tijera. Tiernitas todas, rubitas todas, bastantonas de curvas, pero de pierna larga. Inconfundible el molde.

—Amárrese el cinturón, hermano, ¿tengo que repetírselo cada vez, como a los niños? Vaya echando ojo por si ve un Telecom, para hacer esa llamada.

Fiesta ventiada, viajecitos de novios a Europa cada vez con una distinta, playa en el Caribe y yate en el Mediterráneo. Ésa fue la separación del Táraz: barbita de diez días; camisa blanca a medio abotonar; traje Armani color gris charcoal y en lana fría. Su famosa pinta Ben Affleck.

—Oiga, rata canequera, con esa pantaloneta mojada me está jodiendo el cuero del asiento —me reclama el Pildo.

—No tengo otra, mano, una ropa la tiramos y la otra la mojamos en el Castillo de los Caballeros.

—Atrás hay una toalla, Hobbo, póngasela debajo. Usté ni sospecha qué clase de nave es ésta. Fíjese y aprenda, esto ya viene con faros led y proyectores láser. Esto no es lagaña de mico, mano, no se hizo para subproletarios de su calaña. Dese cuenta dónde está aplastando el culo: tecnología innovadora en fase de introducción, know-how teutónico por si esta noche me da por devolverme a toda mierda a Bogotá, iluminando la carretera como pista de aeropuerto.

Lo que acabó con la rumba brava del Táraz y el desfile de modelos por su cama fue un inicio de cirrosis que lo dejó muy desmejorado. Andaba irreconocible el man, él, siempre tan maniquí. Y de pronto parecía otro, cansado como un burro viejo. Amarillo como un canario. Flaco como una gata.

Y en ese momento de depresión anímica y crisis hepática, ¿quién vuelve a hacer irrupción triunfal? Pues María Inés, por supuesto. Todos los días se le presentaba a su lecho de enfermo con calditos sin grasa, verduritas al vapor, pescado bajo en sal, películas de Blockbuster para que su cuchi-cuchi no se le aburriera mientras estaba en cama.

—No me joda, Pildo, hermano, el de las Blockbuster era usté. Usté, que es tan sapo, le llevaba películas al Táraz.

—Sólo una vez. O dos.

Ése fue el cuarto de hora de María Inés, la gran oportunidad de ella, feliz de tenerlo amarrado a esa cama y por fin bajo control, ella como Florence Nightingale, revoloteando como un ángel para salvar a su marido enfermo por tanto desmadre, y arrepentido hasta las lágrimas.

—Oiga, Pildo, usté no está buscando Telecom, vamos dando las vueltas del perro, echemos por otro lado, por aquí ya pasamos y no hay nada.

Cómo serían los mimos de María Inés, que se llevó un par de meses al Tarabeo al Texas Medical Center de Houston, para que lo trataran allá. Y él quedó apegadísimo a ella, agradecido hasta la pepa del alma.

A partir de ahí, volvió a convencerse de que María Inés era la mujer de su vida, la única, la indispensable, sólida como una roca, consecuente, confiable, irreemplazable. Por fin entendió Tarabeo para qué sirve la formulita *en lo bueno y en lo malo, en la riqueza y en la pobreza, en la salud y en la enfermedad.* Las nenorras estaban bien para las horas gozosas, pero a María Inés la necesitaba para las dolorosas.

—Qué berraco, el Táraz —dice el Pildo—, más vivo que el hambre.

Ahí empezó a entender cómo era el caminado. Y decidió que no había que ser radical, no tenía por qué escoger entre lo uno y lo otro, nada era irreductible en esta vida. No había razón para el blanco o negro, el *patria o muerte* que lo jugaran otros. Y volvió a vivir en casa con María Inés, y montaron tremendo paseo con toda la familia al Bayahib, a la renovación de los votos matrimoniales.

—Cómo sería que hasta a mí me invitaron —dice el Pildo.

—Yo supe que en esa festichola...

—Espere, espere, que aquí va algo que usté no sabe. No lo sabe nadie, sólo yo.

—Sólo usté, que es un metiche.

—Metiche no, informado.

Fue en el propio avión de regreso del Bayahib, después del juramento solemne de amor en la playa. En el propio vuelo de regreso y con María Inés dormida al lado, el Táraz le pasó a la azafata una tarjeta con su teléfono.

—Genio y figura. Y al llegar vendió su penthouse de soltero, eso sí me consta.

Lo vendió, sí, claro que lo vendió, para reemplazarlo por debajo de cuerda por algo más discreto, pero funcional y acogedor. Una polverita —dice el Píldora, pega el frenazo y parquea el Mercedes frente a una tienda de víveres—.

—Esta gente nos presta un teléfono. Llamemos a esa tal Mónica —dice.

—Que no es Mónica, es Angélica. ¿O al revés? Mejor no llamemos a nadie. ¿Y usté sabe algo de pebeteros, chino Pildo? Digo, para que esa chica le crea cuando la llame...

—¿De pebeteros? Ni mierda. Si ella pregunta algo, le digo que soy el gerente y que el que sabe es el técnico.

—¿Y si luego no llega nadie con el pebetero?

—El Táraz sobrevive dándole largas. No worries —dice el Pildo, a punto de marcar el número en el teléfono prestado—, esta chica está perdida. Tarabeo siempre se sale con la suya.

Se está bien aquí, otra vez como bólidos en el Mercedes del Pildo. El malestar del guayabo se congela en el chiflo fenomenal de este aire acondicionado, y mi pantaloneta ya está casi seca. La carretera bordea el abismo entorchándose en mil curvas peligrosas, pero Píldora conoce bien su máquina, la maneja con mano de seda, le mete julepe y la hace rodar a toda mierda, o sea que volamos sobre el paisaje como en ala delta, rompiendo con el poderoso bumper el calor compacto de afuera.

—Anoche no hemos debido tirar por la baranda esa coca —le digo de pronto al Pildo.

—¿Qué cosa?

—La coca del Muñeco. No debimos tirarla.

—Qué importa, hombre, si tiramos cosas peores, toda la ropa, mis Ray-Ban nuevecitas y hasta el celular del Duque... La coca es lo de menos.

La coca es lo de más: tiene poderes mágicos, como todo lo que gira sobre sí mismo. Portentoso es lo que se enrosca y se muerde la cola. Por eso la única garantía era el balero del Muñeco; por eso es impredecible lo que pueda suceder de aquí en adelante.

4. La Niña

Hablo de nosotros, los Tuttis, y de lo que ha sido la marcha de nuestras minibiografías, que van tirando por el lado suave y por la orilla de lo muelle hacia algo oscuro y complicado, con resultados no previstos de una crueldad indescriptible.

La entrada en la oscuridad ¿ha sido un proceso tan largo y pausado que no nos hemos dado cuenta? Sin advertirlo vamos hacia allá desde el instante mismo de nuestro nacimiento, ¿y aun antes? Puede ser. O se trata más bien de algo que sucede de la noche a la mañana y que se cumple dando un solo paso, *como quien atraviesa una puerta que ya estaba abierta.*

Estamos a punto de dar ese paso. Me refiero a algo definitivo que sucederá, sin que yo me percate, hoy sábado en las horas de la mañana, pocos días después de regresar del paseo del póker.

Pero antes se impone hablar de esta ciudad, sus jerarquías, sus prodigios y sus venenos, sus amos y sus esclavos. Y detenerse ante todo en el asunto de sus umbrales, esas fisuras en la muralla invisible que separa el mundo de los ricos del mundo de los pobres.

De esos umbrales hay pocos y suelen pasar desapercibidos, pese a que vibran como vórtices de alarmante intensidad. Existen como puntos de penetración de un reino al otro, en una matemática difícil donde se traslapan los extremos sociales: el estrato seis y el estrato cero.

Los ricos del estrato seis todo lo tienen, todo. Salvo un tesoro.

Los del estrato cero, paupérrimos invasores de los cerros, carecen de agua o alcantarillado, de bata y pantuflas, de piscina infinita, de escuelas o calles asfaltadas, de Hendrick's Fever-Tree con tajada de pepino. Pero tienen una cosa que los del seis envidian: un inmenso panóptico. Son los dueños absolutos de la vista. Los pobladores del cero monopolizan una panorámica aérea que sólo se contempla desde sus encaramados arrabales de montaña, como quien va en avión y de repente ve abrirse sobre su cabeza un cielo majestuoso en full despliegue de alboradas y atardeceres, adornado con rayos, tormentas, colores de dramatismo subido y triunfales arcoíris, más nubes a ratos mansas y a ratos agoreras.

¿Y hacia abajo? Hacia abajo se desparrama en clave de vértigo el ondulante océano de luces que inunda la sabana de Bogotá, rodeada por el aro de altos picos de la poderosa cordillera de los Andes.

La vista desde allá arriba: maraña de las cintas luminosas en rojo y blanco que a su paso dejan los carros, los camiones, los autobuses, cada uno con sus faros halógenos y sus stops centelleantes. Por cada esquina, un farol; por cada foco, una habitación; en cada habitación, un ser humano. Y por cada humano, una familia entera con hijos y abuelos, tíos y sobrinos, perros y gatos: una jodida montonera. Un Armagedón demográfico con su correspondiente carga de vainas que se enchufan y se encienden: calefacciones, cocinas, secadores de pelo, ventiladores, maquinarias. Calentamiento global a la carta. Pero visto desde lo alto, un espectáculo de son et lumière realmente espléndido.

Si te encaramas hasta la cima de Monserrate, cerro tutelar, puedes ver cosas asombrosas. Al igual que el Roy Batty de *Blade Runner,* yo las he visto. He visto media ciudad arder en rayos de sol mientras la otra media naufraga en un aguacero diluviano.

Es algo que corta el aliento. Estamos hablando de prodigios que suceden a tres mil y más metros de altura, en un golpe alucinatorio que azuza la taquicardia en cualquiera, como también en los futbolistas foráneos que se ahogan tratando de jugar en nuestro estadio. Ojo. Ojo avizor al panorama cósmico que se riega incandescente, como derramamiento de lava, desde los arrabales del cerro hacia la ciudad que dormita, plana, al fondo.

Los del estrato seis, que todo lo poseen, anhelan para sí ese único tesoro de los pobres. Quieren echarle mano a la vista panorámica, y poco a poco la van conquistando. Y ahí es. El dedo en la llaga. Ahí es donde cuajan esos umbrales de incertidumbre, esos improbables puntos intermedios donde los barrios ricos se tocan con las aglomeraciones de la pobresía, en la medida en que los edificios elegantes colonizan la cordillera, avanzando implacables y estratégicos como la torre en el ajedrez: tumbando bosque, desecando ojos de agua, demoliendo chabolas, desalojando arrabales y empujando a los desposeídos hacia las zonas más altas y gélidas donde sólo sobreviven los burros más peludos o los frailejones más morados.

En esos nudos de confluencia se produce el umbral o punto crítico donde quedan anuladas las barreras sociales. Ahí saltan chispas.

Y justamente ahí está enclavado el mirador del Dolly-boy, su feudillo de soltero, su compacto castillete en modalidad estudio, pequeño pero estupendo, lo que se dice a todo timbal, esquinado en un piso dieciséis, con cocina high-tech, chimenea de bioetanol, spa-jacuzzi y sobra decir: full terraza con vista acojonante de ciento ochenta grados. Y bien custodiado por rejas electrizadas y muros robustos, alarmas, cámaras de video y equipo de guachimanes, eso desde luego, nadie es ingenuo ni se lanza desarmado a la conquista de los cerros. Muñeco vanguardista, generación intrépida, no quiso sentar nido en el barrio burgués de sus padres por encontrarlo convencional y chato; prefirió entronizarse allá arriba, marcando pauta, pionero, jugando de avanzada o bastión de penetración en la diluida frontera con territorio comanche.

En la terraza de su estudio hay un telescopio.

Es posible que en este momento Dolly-boy se encuentre en piyama, o sea, muy en su propio estilo a la hora de levantarse. Descalzo y sin camisa, sólo debe llevar puestos unos boxers con estampado de Mickey Mouses. En la mano, un tinto bien cargado y envenenado con un chorrito de vodka. En la boca, un Marlboro encendido. Puedo verlo como si estuviera viéndolo.

Apuesto a que ahora mismo él sale a la terraza, se despereza como un felino y luego mira hacia abajo por el telescopio. Contempla un rato la ciudad toda, que espabila más tarde de lo habitual porque hoy es sábado. Luego el Muñeco hace girar el telescopio, apunta el lente hacia arriba, enfoca un cierto callejón del arrabal colindante, y observa.

Si es cierto que las rutas del deseo le abren paso al destino, entonces quiere decir que unas horas después el nuestro estará sellado.

Por ahora mi espíritu flota juguetón y la luz del día dispersa cualquier mal pálpito. La transformación virulenta se va a anunciar sin que yo la detecte, tal vez por culpa de este sábado engañoso que debería gravitar denso y gris, tanto que el fútbol con los Tuttis quedó cancelado ante la amenaza de lluvia. Y en cambio no: hoy se abrieron unos cielos color azul hortensia, como los que Malicia tanto ama.

Yo, ciego a los signos, en ayunas y acogotado por un hambre cromañona, abandono mi apto y me lanzo a caminar a paso vivaz hacia el súper de la Séptima con 63. Voy en busca de alimento. Debo ser precavido y abastecerme porque winter is coming: me preparo para repasar la tercera temporada de *Game of Thrones,* la que trae la inolvidable escena de la Boda Roja. Durante la mañana me repetí los momentos estelares de la sexta temporada con su épica Batalla de los Bastardos, y ahora me concedo este breve receso para ocuparme de la intendencia. Mi lista incluye pan integral, tomaticos cherry, prosciutto —prosciutto no, muy caro, mejor pastrami, debo cuidar las finanzas—, par Coca-Colas litro, unos limones, bolsa de hielo. Y que no se me olvide comprar un potecito de arequipe, estará bien chutarme con un estimulante golpazo de azúcar. No necesito más, me espera un plan solitario y altamente satisfactorio. Me siento bien, mi cápsula está sellada. Soy astronauta de mi propio espacio sideral: me encuentro fuera del alcance.

¿No hay vibraciones en el aire que anuncien una rara excitación de los monicongos? Si acaso las hay, no las registro. Yo voy a lo mío y ahí me planto, y en cambio el horror se cuela por todos lados, es más listo que yo. No le queda difícil, más listo que yo viene siendo hasta este hongo que crece imbatible bajo la uña de mi dedo gordo. Así también el horror: se parapeta bajo las uñas como un hongo dermatofito, y espera.

Bajo corriendo los cuatro pisos de mi edificio. Agarrado del pasamanos, vuelo sobre los escalones y me los salto de a dos y de a tres. Sueño con el sándwich de pastrami: el hambre es mi bandera. Algo falta en mi lista, pero no recuerdo qué. Ah, sí, ¡mostaza de Dijon! Imprescindible. En un par de zancadas atravieso el hall, ya voy saliendo por la puerta hacia la calle y aquí es cuando sucede lo inesperado, o empieza a suceder: me topo con Tarabeo.

Freno casi encima de él, por poco nos damos en las narices. Cosa rara, Tarabeo por aquí y para colmo en sábado, cuando en vez de estar importunándome debería andar de jogging, según su sana costumbre. Viene agitado y luce particularmente cubista: reconozco ese efecto Picasso que en situación de contrariedad desordena su bello rostro, con contracción de los músculos orbiculares, plegadura de la frente, arqueo de la ceja izquierda y desnivel del ojo correspondiente, que queda más alto que el derecho.

El Táraz viene como una tromba y no me saluda, más bien se suelta de una vez a darme órdenes. Habla demasiado rápido y no logro entenderle. Por estos días ando tan perdido en lo mío que la jerga de los humanos me suena a lengua extranjera. Yo, Hobbo, traductor de oficio, en momentos como éste olvido hasta el castellano. Tarabeo dice cosas, no sé cuáles, debe tratarse de algo muy secreto porque susurra las frases tapándose la boca con la mano, como un coach que da instrucciones a sus futbolistas evitando que el adversario le lea los labios.

Aún no me repongo de la sorpresa que me ha causado este encontronazo y ya estoy lamentándolo. Si Tarabeo está aquí será por algo, no hay visita sin implicaciones. Y ésta sí que menos.

Lo invito a subir a mi apto pero se niega, tiene un afán del carajo, necesita largarse enseguida, algo quiere de mí, algo que requiere complicidad y espíritu conspirativo.

—Adentro, adentro, afuera no —farfulla.

—Al fin qué, ¿afuera o adentro?

—En la calle no —dice, penetrando en el estrecho hall de mi clasemedioso edificio y buscando allí mismo un rincón disimulado.

Sus movimientos son sigilosos, como si fuera a entregarme un arma o una dosis de heroína. Algo prohibido en todo caso. Lo que quiere depositar en mis manos es un maletín que contiene un laptop, según lo que me dice. ¿Un laptop? No sé de quién es ni para qué me lo trae, sobre todo hoy sábado, cuando yo sólo aspiro a aplastarme en mi sofá para ver la Boda Roja. Mal momento, no agradezco esta intromisión pero a él no podía importarle menos, lo que trae entre manos le parece fundamental y pretende que yo suspenda en el acto cualquier otra cosa.

—Ante todo, por ningún motivo —dice en tono admonitorio—, por ningún motivo vaya a creer lo que puedan haberle dicho.

—Claro que no —le aseguro, aunque no tengo idea de quiénes pueden haberme dicho qué, llevo tanto tiempo sin hablar con nadie.

—Hobbit, esto es prioritario —dice separando las sílabas para lograr un efecto enfático, prio-ri-ta-rio,

113

complicada palabra esa, con doble diptongo que te obliga a hacer muecas a la hora de pronunciarla.

Se ve de veras enorme, este Tarabeo forrado en la lycra reluciente y negra de su full pinta de jogging y con su eterno botellín de agua en la mano, como buen hidrofanático en esta civilización saludable.

—No tomes tanta agua —le aconsejo.

—¡¿Qué?!

—Hay gente que muere por tomar demasiada agua, es un hecho científicamente comprobado.

Tarabeo me manda a comer tierra, me exige atención a las cosas en extremo urgentes que trata de decirme y me insta, inflando pecho, a que le reciba el maletín y deje la huevonada.

Yo obedezco, no me queda más remedio, recibo el maletín y dejo la huevonada, o acaso quién es tan machito de enfrentarse al Táraz, sobre todo si te encara en lycra negra y expresión a lo Picasso.

—Es del Muñeco —me dice, de pronto en tono íntimo, mientras le apunta al laptop con dedo acusador, como si el aparato tuviera la culpa de algo—. Limpie esta vaina, Hobbo, hermano. Déjela impoluta. Revise cosa por cosa. Borre todo lo que tenga sexo. O sea, sexo. Borre. Todo lo que suene comprometedor. Porno, putas, lo que encuentre, bórrelo, ¿me entiende?, que no quede ni huella.

—A ver, a ver. Poco a poco. O sea que éste es el laptop del Muñeco, y usté quiere que yo borre la pornografía que trae adentro. ¿Eso es? ¿Y como para qué?

—Usté confíe en mí, Hobbo, y no pregunte tanto. Cuanto menos sepa, mejor para usté. Póngase a borrar ya mismo. En bombas, mi rey, que esto es para antier.

—Para mañana con gusto. Hoy se me complica, brother, ahorita mismo salía a comprar mi almuerzo... —sueno más patético que huerfanito hambriento.

Tarabeo se exaspera conmigo, se le nota, no disimula. Según dice, le emputa que lleva rato tratando de conseguirme por teléfono, hay una situación de emergencia, estamos en alerta roja y aun así yo no contesto, mil veces me marcó y nada, o es que acaso yo uso el celular de pisapapeles, no me jode que él haya tenido que venirse hasta acá personalmente para localizarme y yo fresco como una lechuga. Le oigo repetirme lo que siempre me dice: no joda, Hobbo, usté es tan fresco que se abanica en el Polo. Debe ser cierto, él no es el único que me lo echa en cara. Si supieran que debajo de mi supuesta frescura polar bulle el espanto en forma de incendio.

Tarabeo está exaltado. Dice que soy la cagada, que no se puede contar conmigo y que ahora por qué coños no entiendo que el encargo del laptop es para YA.

—Tiene que blanquear eso *ya mismo,* Hobbo, o acaso qué parte no entiende de la frase *ya mismo.*

—*Ya mismo* no es propiamente una frase, es más bien una oración exclamativa —digo, y él me fulmina con la mirada.

Mejor me contengo, no conviene torear a este bicho en este momento.

—Olvídese de su almuerzo, marica, después almuerza, hombre, Hobbo —me dice y se disculpa por la rudeza, suavizando la voz y volviéndola conciliadora—, entienda, hermano, esto es una emergencia. Vaya, mijo, suba a su apto y borre todo lo que pueda incriminar a Muñeco, que anda metido en un lío que ni el berraco, ¿me entiende?

—No mucho. Qué clase de lío.

—Un pedo con una menor de edad. Parece que la china se drogó muy duro en una fiesta donde el Muñeco. Algo como así.

—¿Muerte por sobredosis?

—No creo, no tanto.

—¿No tanta sobredosis, o no tanta muerte?

—Haga lo que le digo, Hobbo. Yo averiguo bien cómo fue la vaina y luego le explico. Otra cosa: no me llame. Por nada del mundo. No me llame, ni a mí, ni al Chucky, ni al Pildo ni a nadie. Que no le vengan con chismes, eso ante todo no.

—Muy correcto, eso ante todo no.

—Así me gusta, bro, conversando nos entendemos. Espéreme aquí quietico, yo más tarde vuelvo. Mientras tanto no haga olas, ¿sí me capta? Lo que menos conviene es un escándalo. Quédese tranquilo que hacia las seis yo regreso, nos echamos un trago y hablamos con calma, se lo prometo. En el ínterin no me llame, acuérdese de eso, ni me busque, ¿está claro? Sólo hágale delete a todo el stash del menso del Muñeco.

—Y dónde está el menso del Muñeco —pregunto.

—A estas alturas, en un avión.

—¿Un avión? Hacia dónde.

—Hacia quién sabe dónde. Yo no pregunté, Hobbo, no pregunte usté tampoco. El Muñeco se largó, y basta. Fuera, raus, ya no está por aquí, se hizo humo. Debió coger el primer vuelo hacia algún lado, cualquier lado, lejos de este país en todo caso.

—Está bien —me rindo—, páseme pues la clave para abrir este aparato.

—Ah, mierda —dice golpeándose la cabeza en castigo por su olvido, y hace una llamada por el celular—. Oiga hermano, la clave, deme la clave de esta mierda —le pide al que contesta, y luego me dice a mí—: 15mayo1990, todo pegado y en minúscula.

—15mayo1990, todo pegado y en minúscula —yo repito la clave—. ¿Acaba de preguntárselo al Muñeco? ¿Acaso el Muñeco no se largó en un avión?

—Ehhh..., estaba apenas decolando. ¿Anotó la clave, Hobbo? Si no la anota, se le va a olvidar. Fijo se le olvida y la caga.

—Está botada, 15mayo1990, de hecho muy insegura, cualquiera la rompe.

—Mejor apúntela, Hobbo, usté vive en las nubes, yo lo conozco bien.

—No tengo papel.

—Tome —dice sacando una tarjeta de su riñonera—, escriba aquí, al reverso.

—Tampoco tengo lápiz.

—No me joda, Hobbo, ¿me va a ayudar, o no? —va subiendo la voz casi hasta el borde del grito, pero accede a rebuscar otro poco en su riñonera y produce un bolígrafo.

—Ya está, 15agosto1991—escribo mal a propósito, sólo por mortificarlo.

He ahí un componente importante del léxico de mi madre: el verbo *mortificar*. No me mortifiques más, me rogaba ella, y yo no sabía cómo dejar de hacerlo, porque no entendía lo que me estaba solicitando. Más adelante capté que mortificar tenía que ver con muerte, y que yo estaba matando a disgustos a mi pobre mami.

—¿Así? —le pregunto a Tarabeo, mostrándole la tarjeta con la clave equivocada.

—¿Muy chistoso? ¿Sí? Cómase un cerro de mierda, Hobbo. Me va a hacer el favor, o quiere que le pida de rodillas.

—Quiero que me explique de qué se trata —tímidamente pongo mi condición.

No acabo de entender por qué el alboroto, para qué tanto agite con todo y escape y destrucción de información tipo *Misión imposible,* si al fin de cuentas no es la primera vez que Dolly-boy se enreda en porquerías de esta clase. No es la primera ni será la última. Me entra un deseo malsano de que Tarabeo se largue y me deje en paz, no quiero saber más de él y menos del picarón del Chucky, sólo quiero volver a mi juego de tronos, siempre más interesante. Trato de seguirle el hilo a Tarabeo pero sus palabras me llegan como entre algodones, supongo que ya no me interesan.

—Un lío ni el hijueputa —va diciendo él mientras sale por la puerta hacia la calle—. No sé más, pelao, no está claro. Equis. Whatever. A las seis le explico. Ahora no hay tiempo, Hobbo, usté vaya, hombre, ponga de su parte, borre toda esa joda, tenga en cuenta que esto puede incriminar al Muñeco y recontrajoderlo.

Tarabeo desaparece dejándome ahí parado, con el laptop en brazos como un bebé no deseado y abandonado. Qué ensartada, ahora qué diablos hago con esta criatura que apesta, bien cagado estará este bebito, y eso no es metáfora, tanta mierda traerá entre las tripas que a Tarabeo le inquieta que lo revisen las autoridades.

Todo este tute me cae de patada, me jodieron mi plan del sábado, me hubiera salvado si salgo hacia el súper dos minutos antes. Ahora no hay escapatoria, ciertamente no quiero que al Chucky lo vayan a reventar por culpa mía.

Me devuelvo a mi apto, saco el Mac del maletín, lo coloco sobre el escritorio y lo miro con asco. Me siento mal, da guácalis tener que hurgar en las intimidades sexuales de un amigo, y no cualquier amigo: uno con la lujuria desquiciada del Muñeco.

Introduzco la clave, 15mayo1990, y le entro al asunto como con bisturí, al fin de cuentas el computador de alguien es como quien dice su propia cabeza, en este caso la cabeza endemoniada del Muñeco, y yo, el microcirujano que tiene que escarbarle por dentro. Qué plan tan desabrido, estoy destapando la caja de Pandora para que se escape todo el tropel de los monicongos.

Así como para ir empezando, veo que el man tiene la memoria sobrecargada de fotos. Nada muy extremo, al contrario, todo más bien hogareño, primeras comuniones de sus sobrinas, Navidades con padres y hermanos, vacaciones en la playa, despliegue de egoteca. El Muñeco en plan churrito como jefe de banda. El Muñeco sacando pecho y exhibiendo un diploma de bachiller. El Muñeco mordiendo una medalla de natación, qué berraco tan pretencioso, ni que fuera Mark el Shark en persona. El Muñeco en camuflaje, full pinta paramilica, cazando zuros con un rifle. O simplemente de frente, con caída premeditada del mechón sobre los ojos y en trance de regalarle a la cámara una sonrisa lobuna y radiante.

En otra se lo ve muy niño, con expresión más bien desolada y sentado en un columpio. Tendrá unos ocho años y una camisita oscura abotonada hasta el cuello. Me detengo en esta foto porque me asalta una duda, ¿ya desde entonces Dolly-boy era el pisco infame que es ahora? ¿Un angelito echado a perder? No. A juzgar por esta foto, antes de los diez no había nada en él que anunciara su futuro pernicioso, ni una marca de Caín, ni una estrella negra en la frente, ningún signo de mal fario. Excepto, tal vez, la tristeza de sus ojos, misma que después desapareció por completo. ¿O no? ¿Ojos tristes hoy en día, el fiero Chucky? Solamente en esta foto de remota infancia. Me quedo un rato pensando, trato de precisar qué clase de ojos tiene ahora, yo diría que burleteros. O impasibles, no sé. Aunque quizá sí. Tal vez sí haya en ellos un punto de luz opaca.

Bueno, basta. Me entretengo en tonterías. Nadie me pidió psicología barata. Son unos ojos redondos y oscuros, los otros adjetivos sobran. Aunque si él fuera mujer, habría que describir sus encrespadas pestañas. Tremendas sus cejas y sus pestañas, cómo no, el Muñeco tiene unos ojos peludos como tarántulas.

Hasta ahora, pura foto corriente aquí embuchada en su laptop. Recuerdos amables, huellas de su vida en familia. Su ladito de mostrar. Vea pues, pero si tiene una fotografía de mi persona. Vaya, vaya, me conmueve. En medio de su álbum íntimo, el Muñeco guarda una foto mía, donde aparezco abrazado a mi hermana Eugenia y alzando a mi sobrinita Lorena. Detallazo de su parte, maestro, se le abona, de veras me emociona, al fin y al cabo no soy de palo, le agradezco que me haya incluido aquí entre los suyos, usté tan sentimental y yo en cambio retrechero a la hora de ayudarlo a salir del aprieto, no sé qué aprieto será pero voy a meterle el hombro, se lo juro, voy a dejar este Mac limpio como una patena, lo voy a hacer por usté, mi hermanito, mi amigo Muñeco, por usté, Mi-lindo, y por los Tuttis. Fidelidad motivacional, eterno parche de infancia.

Y ahora sí, directo al stash. Aquí está: su guardete secreto. El arsenal selecto y personalizado de sus sites pornográficos. Miles y miles, la lista es interminable, se ve que el tipo se ha pasado media vida en éstas. Me abrocho el cinturón de seguridad, se avecina un viaje a lo profundo. Voy a sumergirme de cabeza en esta orgía virtual en la que seré convidado de piedra, alguien que presencia sin participar, apenas un testigo, del latín testiculus, es decir una hueva.

Así para empezar, no veo nada especial. Mucho empeloto de ambos sexos: apenas natural. Borro y sigo. Caen por oleadas las escenas de catre. Nada inesperado, en realidad. Borro, borro, borro. Pornohub normalito, el mismo que frecuenta el setenta por ciento de la población del planeta, el mismitico que podría tener yo en mi propio Mac. Sólo que mucho, qué verriondo Muñeco, muchísimo material, aterra la montonera, es tanto que hasta me quita el hambre, dejándome una sensación estomacal más bien de hastío. Borro, borro, borro y empiezo a aburrirme de tanto borrar. Aquí no hay nada que no supiéramos ya. Hard Ass Fuck a la lata. Pues sí, o acaso qué esperaban.

¿A ver? Por aquí veo cosillas más rarillas, caricaturas eróticas japonesas, mucho video Hentai, dibujos que se pasan de osados. Pero dibujos, al fin y al cabo: nada ilegal. Ahora lo sado-maso aflora en su inmensa variedad, llueve material del grueso. Al Marqués de Sade esto le podría gustar, le divertirían los fieros juguetes que esta gente se mete por cuanto agujero.

Los monicongos son cinco, y al más chiquitico lo atrapo y lo trinco.

Los monicongos son seis, y al más chiquitico lo ensarto al revés.

En fin, nada del otro mundo. Hasta un ama de casa podría entretenerse con esto mientras plancha camisas. Con la oferta infinita de porno en internet, a cualquiera se le dispara el instinto. Vaya, vaya con el perfil virtual del Chucky, muy por la línea de lo truculento. Mucha basura, qué bárbaro. Pero qué, total qué, nada criminal, al fin y al cabo. Lo que sí me sorprende es la amplitud de su abanico de gustos, este pisco le hace a lo que sea, no sé si me explico, por lo general cada quien es bastante obsesivo con sus inclinaciones sexuales, al que le gustan las tetas grandes las busca XXL y las mete hasta en la sopa, y al que le gusta sufrir se satura de bondage y spanking. En cambio el Muñeco dispara para cualquier lado, abuelitas, cabras, hermafroditas, estriptiseras, consoladores, gente amputada... Eh, avemaría con el Muñeco, no ha nacido el ser que no se la ponga tiesa, a lo que sea se le apunta, persona, animal o cosa. Yo no conocía a nadie tan perverso polimorfo. O quién sabe, tal vez no sea tanto que todo le guste cuanto que a la larga todo lo decepciona y lo aburre. ¿Qué será lo que anda buscando? No soy sexólogo ni terapeuta de traumas, faltaba más, pero diagnostico que el Muñeco cuanto más busca menos encuentra.

En el fondo nada excepcional, quién no utiliza internet para volverse un maniático sexual. Sabiendo que todo es pura pantalla, quién no lo aprovecha para husmear en las aberraciones y darle una probadita a lo enrarecido; no te pueden inculpar por imaginar vainas, así sean estrafalarias.

Borro, borro y borro y ya me duele el índice de tanto borrar. Mierda, vea esto, esto sí está tenaz, demasiado rudo, hermano, no me agrada. Y aun así, el porno bestial será zafio, pero no es delito. Me parece que estoy perdiendo mi tiempo en este oficio de gran inquisidor que me endilgó Tarabeo.

Ahora sí, aquí puede saltarme el lobo, como a Caperucita. Aquí están, esto debe ser lo que el Táraz pretende que yo haga desaparecer: las listas personales de prostitutas y prepagos, toda la agenda de la pichandinga del Muñeco, su loco reguero de contactos. Pues sí, son un millón, pero qué esperaban, el Chucky es un gran putañero, eso lo sabíamos. Muy pollitas sí se ven, asaltacunas ese Dolly-boy, aunque en realidad no son niñas, sino que quieren parecerlo. Una de éstas. Ésta disfrazada de bebé, o ésta con traje marinerito, o esta colegiala insinuante, cualquiera de ellas pudo ser la que la palmó por sobredosis en la famosa fiesta. A borrar se dijo. Entro como un atila a eliminar todo el elenco.

Ahora viene para mí lo más desagradable. Protagonista central: el Muñeco protomacho, autoconvertido en porn star amateur y debutando con personal de reparto de todos los calibres y colores. Hete aquí su currículum sexual, los videos que se autofilma en vivo y en directo mientras se luce en camas y sofás en posición y compañía variadas. Guácale, qué espanto. Borro a dos manos, desaparecen bloques enteros, ni siquiera me fijo, me niego a presenciar el despliegue exhibicionista de este pavo real, su embestida magnífica, sus relinchos de semental, su salvaje anatomía de joven dios arrecho. Con permiso yo me piso, de aquí me salgo rapidito. Borro y borro, chan, chan, chan. Y chao.

Los monicongos son siete, y al más chiquitico el grande se la mete.

Los monicongos son ocho, y el más chiquitico tiene pinga y tiene chocho.

Abro la nevera y rebusco en la cocina hasta en las repisas más altas, a ver si encuentro un tentempié, una picadita, algo para entretener el hambre. Pero nada. Ni siquiera unas papitas fritas añejas y reblandecidas: nada. Vuelvo con las manos vacías y el estómago ídem a Muñeco's stash, y así de sopetón emerge algo que no corresponde. Esto se debió colar aquí por equivocación o descuido. Son las fotografías de varias niñas, o sea, niñas-niñas, nada que ver con la densidad de lo porno, ni con profesionales del sexo, ni con putañerías de estudiantes necesitadas que prestan sus servicios a nenes de familia acomodada.

Éstas son apenas niñas. Niñitas que escampan de la lluvia bajo aleros de zinc. Criaturas del montón, captadas en su hora y en su día por una lente de aficionado. Ya he encontrado varias y siguen apareciendo, con sus vestiditos y su pelo larguito, arriba en el monte, en un barrio pobre de la montaña. Como la Alicia de Carroll, estas pequeñas parecen haber caído por un hueco para ir a parar a otra dimensión de la realidad, una zona inclemente donde ellas no pertenecen. Desplazamiento fortuito, rechinante incongruencia.

No, pero un momento, alto ahí, ave maría purísima sin pecado concebida, aquí sí acabo de toparme con la propia mina de oro, la quintaesencia del despropósito, el porno show más delirante del universo mundo. Una loca vaina llamada El Gran Culi-Circus Petitones, espectáculo circense de cien por cien enanos y enanas, cien por cien en bolas y haciendo piruetas como desquiciados. Con perdón de todos y todas, aquí sí me instalo con calma, éste es mi sueño dorado. Vaya, vaya, vodevil tan nunca visto y espeluznante, esto está como para alquilar balcón, miren no más a esos trapecistas miniatura que ejecutan excesos sexuales en el aire, chapeau, pequeños maestros, ¡realmente admirable! Y qué me dicen de Jupitito, el Mini Mago, que echa rayos luminosos por la retaguardia, todo un diosito olímpico tonante y pedorro. Y el pequeño Sedobla, contorsionista estelar..., pero por favor, este Sedobla sí es un farsante, elástico el hijueputa como un clavo de acero, que lo echen a chiflidos de la carpa. En cambio, las bailarinas de los aros de fuego, las famosas Culi Lingus Dancers, éstas sí son un verdadero encanto, parecen una troupe de Cabbage Patch Kids, empeloticas ellas y fanáticamente pirómanas.

Todo esto que estoy presenciando, señores y señoras, es lo que se llama equivocar el destino, o hallarse en el lugar equivocado. Si yo tuviera un metro veinte menos de estatura, allá estaría instalado de planta. En el Gran Culi-Circus Petitones habría descubierto yo mi lugar en el mundo, yo, Hobbit, Hobbo, Job, Tutti Frutti y anacoreta despistado, quién me ha visto y quién me ve, por fin centrado en la pista, bien arraigado y aguzado en vez de andar por ahí como rueda suelta, cazando dirigibles. Entre los Petitones yo habría podido cumplir un papel, algún desempeño a mi medida me habrían adjudicado para que pudiera lucirme con responsabilidad y profesionalismo, qué idea más seductora. Desde ya imagino el título de mi número estelar, lo veo, lo veo resplandecer en neones amarillos y violetas en todo el medio de la carpa: HOBBO, EL ENANO QUE CRECIÓ DEMASIADO. ¿Y luego qué? Luego cualquier cosa, no importa, así sea marchar en cueros recogiendo la bosta de los falsos caballos, cuatro enanitos y tres enanínfulas que trotan en círculo al son de un látigo, con crines acrílicas por cabeza y nuca y largas colas coloridas enchufadas en el ano.

Maldita sea, el *Für Elise* electrónico de mi celular empieza a retumbar y me sobresalta, tanto que con un movimiento súbito del brazo riego el vaso de Coca-Cola con hielo. Acaba de quebrarse en pedazos mi ensoñación liliputiense, adjetivo más que nunca afortunado. Truena el *Für Elise,* destruye mi circo utópico y eso no me gusta nada.

Preferiría que el viejo Beethoven no apremiara con su bagatela justo en este momento. Sé que significa algo; el gran sordo profético siempre anuncia tremendidades, bien sea alegrías, como en la Novena, bien heroísmos, como en la Tercera. Y en ese orden de cosas, me temo que también el pequeño y electrizado *Para Elisa* que suena en mi celular podría vaticinar algo. Es probable que esté dando la largada, la luz verde para los presentidos y temibles acontecimientos que ya se van haciendo evidentes.

Mi celular sigue vibrando, tanto que repta sobre el escritorio como cucarrón sin patas. Pero yo lo ignoro. Primero me ocupo de lo primero: voy a la cocina por un limpión y seco el desparrame de Coca-Cola, ese aguado charco de sangre dulce y negra que quiere extenderse por la lisa superficie hasta entrapar las hojas de una traducción que debería tener lista. El teléfono no para de trepidar.

Voy a hacerme el loco y a desoír la señal. Al no contestar tal vez logre frenar la andanada, detener esta película que impepinablemente se desenvuelve hacia su unhappy ending. Pero ojo, alto ahí: quien me busca es mi hermana Eugenia, desde Australia. Es su llamada la que irrumpe a este lado del planeta. ¿Qué horas serán allá, en esas remotísimas lejanías? ¿Ya estará Eugenia en el día de mañana, o todavía en el de ayer? ¿Me llama desde el futuro o desde el pasado?

Tengo que contestar, no puedo evitarlo, a Eugenia yo siempre le respondo, siempre y donde sea, sólo a ella.

—Andan buscando a tu amigo el Muñeco, Hobbo —hasta mi oído llega su voz, preocupada, incrédula, ansiosa—. Dicen que el Muñeco secuestró a una niña que no aparece, dicen que fue él, los vecinos de la niña lo vieron, y los familiares. Las cámaras de seguridad lo filmaron, eso están asegurando. Saben que fue el Muñeco. ¿Hobbo? ¿Me estás escuchando? Lo averiguaron porque tienen el número de la placa de su camioneta. ¡El Muñeco, tu amigo, nuestro amigo! ¿Hobbo? ¿Estás dormido? —las palabras de Eugenia se enroscan sobre sí mismas y se muerden la cola, como un uroboros—. Despierta, Hobbo, andan con que el Muñeco secuestró a una chiquita.

Una niña de un barrio de invasión. ¿Me oyes? La familia y los vecinos la están buscando, y al Muñeco lo están denunciando. Saben que fue él, Hobbo, llevan su foto. La niña no aparece y él tampoco. ¡Ay, Hobbo! ¡Nunca te enteras de nada!

—¿La niña perdida es una prepago que tronó de sobredosis en una fiesta del Muñeco? —le pregunto, medio tratando de empatar la versión de Tarabeo con lo que me está anunciando Eugenia.

—Cuál prepago, Hobbo, vives en las nubes, al Muñeco lo están buscando porque secuestró a una niñita de siete años, ¿entiendes? Hay agite en Bogotá, y tú encerrado en tu cueva mientras la gente grita en la calle, hasta acá me están llegando whatsapps con el escándalo, mira los videos, ¡ahí te los mando!

Intento confesarle a Eugenia que tengo en mi poder el computador del Muñeco y me esfuerzo por darle explicaciones sobre la misión que me encomendó Tarabeo, pero el asunto es enredado y de mi boca escurre un chorrito de palabras sin contundencia. Eugenia no les hace caso, me dice: tranquilízate. Pero enseguida me da la contraorden, quiere que averigüe, que espabile, que impida que el Muñeco le haga algo a esa niña.

Eugenia no escucha mis balbuceos. Dice que corta porque tiene que llevar a Lorena a clase de piano.

Yo quedo anonadado. Las piezas van encajando demasiado rápido, en un rompecabezas cuyo resultado promete ser horrendo.

Descargo los videos que acaba de mandarme Eugenia. Tiene razón ella, hay escándalo y el objetivo primordial es Dolly-boy. Crece una turbación colectiva, un desconcierto, una urgencia. Mi primera reacción es echarme hacia atrás. Por principio me espanto cuando se acerca un tumulto, así sea en imágenes; se despiertan en mí evocaciones de incendios a lo 9 de Abril, degollinas a machete, pesadillas populistas, patotas amenazantes.

Detrás de las voces, se van haciendo nítidas las figuras de los vociferantes: en realidad no son muchos, es más lo que gritan que lo que abultan. Serán unas cuantas docenas y están apostadas en la placita frente a Santa María de los Ángeles, viejos y niños, muchas mujeres, vecinos de un barrio popular que, según ellos mismos, se llama Vista Hermosa Sección III. Llevan pancartas improvisadas en cartones que izan en palos de escoba. Vienen transidos, como si su asunto fuera de vida o muerte.

Aferrado a mi silla de escritorio, yo sigo protegiéndome de lo que viene.

Los carteles que esgrime esa gente muestran a dos personas, un adulto y una niña. El adulto es el Muñeco. Es él, no cabe duda, han encontrado y han reproducido una vieja instantánea tomada en sus tiempos de triunfo, cuando todavía era invencible su mirada pestañuda de joven desafiante.

La niña que declaran desaparecida, ¿niñita de barrio pobre infamemente raptada por nuestro Muñeco? ¿Fue eso lo que quiso ocultarme Tarabeo, tras la cortina de humo de la putica muerta en una fiesta por sobredosis?

De por sí soy lento y ahora peor, pero en todo caso no tan menso como para no atar cabos y no comprender que debo buscar esa cara de niña abducida entre las fotos del archivo porno.

Vuelvo a sumirme en los pantanos del Mac. Reagrupo mis neuronas e inicio la búsqueda, y sí, ahí están. Las fotos de niñas que ya había visto antes: van apareciendo con aura de misterio. Flores raras, delicadas, suavemente hogareñas en medio de un bosque hirsuto. Una a una surgen las niñitas, espantadizas como ciervos, ilusorias. Y sin embargo, asombra la grave dignidad que pesa sobre sus hombros frágiles; la inesperada majestad de estas pequeñas reinas de un mundo secreto y remoto. ¿Cómo llegaron a sentar los pies en las antípodas, qué tienen que ver con entornos tan ajenos y pringosos?

Trato de compararlas para saber si alguna de ellas es la pequeña que andan izando en pancartas. Pero se parecen las unas a las otras como gotas de agua, como una lágrima a otra; así, a primer golpe de ojo, las fotos imprecisas y tomadas de lejos no me permiten detectar particularidades. Medio que sí y medio que no; nada en concreto. Perplejidad de la visión, que registra al mismo tiempo lo que es diferente y lo que es idéntico.

Aunque un momento: aquí, ésta.

Ésta es.

La de los zapatos blancos. Tienen trabilla y dos centímetros de tacón, parecen de muñeca, a cualquier pequeña de siete años le encantaría lucir un par como éste. Con zapatos así sólo hay una niña. Ésta.

¿Puede ser ella? Tiene que ser. La niña que andan buscando. ¿Es ella? Ella es.

Parece horriblemente cruel que el destino la haya señalado a ella y a ninguna de las otras. Tras ese golpe de dados, *a las demás les toca la vida, a ella la herida* (Didi-Huberman). Cualquier similitud que yo hubiera podido percibir entre ella y las demás queda eliminada de un plumazo. A partir del momento en

que la convierten en la elegida —la Elegida, con mayúscula—, ella se torna única. Ella, la marcada. Ella,
la que es distinta a los demás mortales; ella, más pro-
clive a un trance de muerte; ella, más próxima a un
peligro quizá irreparable.

Hay varias fotos suyas. A juzgar por la fecha en
que fueron colgadas, todas más o menos recientes. En
una se agacha junto a una quebrada y tiene la ropa
mojada. El problema es que aquí va sin zapatos, se los
ha quitado y mete los pies en el agua. Pero es ella, voy
aprendiendo a reconocerla, es inconfundible esa
sonrisa tímida que parece pedir permiso para asomar. Y esos ojos tristes *que quieren mirar alegres,* y la
camiseta Pokémon, la faldita a cuadros, el estremeci-
miento del frío en su piel, los chamizos y los matorrales que la rodean, el abrazo de ramas de eucaliptus.

Es brutal el contraste entre ella y el mar de porno.
Hay que sacarla ya, ese sitio espanta. Esta niñita llega
hasta mí como una aparición, como un soplo de aire
puro. ¿Cuántos años tendrá? Siete, ocho. A lo mejor
nueve, pero es tan menuda que parece de siete.

Bien morena, la pequeña, y muy flaquita.

No mira a la cámara, se ocupa de sus cosas como
si no supiera que la están fotografiando. No hace
nada especial, apenas cosas de niña. Aquí se para
frente a la puerta de una casa, y en esta otra foto juega
sentada en la acera, tal vez a la pirinola, o a los jacks.
Quizá con un trompo, o un balero.

Esta pequeña pulcramente vestida pone de presente la despiadada desnudez de los demás, los del
incansable agite carnal.

La Niña. Esta niña, con el pelo suelto en esta foto,
o con trenzas en esta otra: alguien por fin con cara

humana —dos ojos, una nariz, una boca—, alguien sereno y discreto, dignamente ensimismado y al margen del serpenteante arrume de cuerpos sin rostro.

Parece salida de la bruma del páramo, como si fuera una ninfa del bosque; se sabe que las ninfas buscan la penumbra en lugares así, húmedos y boscosos.

Esta pequeña ninfa me atrapa como un imán, como si pese al peligro, cierta paz emanara de ella. Una ninfa *es materia mental* (dice Agamben), *y fluye como el agua o como la conciencia.* Será por eso que su imagen me recuerda días de mi propia adolescencia, cuando de madrugada abría la ventana y recibía en plena cara, con la primera luz del día, una bocanada de olor a eucaliptus. Era como si durante la noche el monte hubiera bajado a la ciudad, a lavarle la cara con su carga de humedades.

—Cierre, mijo —decía mi mamá—, cierre esa ventana que le hace daño el sereno.

¿El sereno? Hace añares que no escucho esa palabra, tal cosa ya no debe existir. ¿El sereno, ya no? En todo caso sí que existió y a mí me gustaba inhalar sus vahos, aunque fueran dañinos según mi mamá. Del sereno puedo dar fe, y también de esos diciembres bogotanos que olían a musgo, a helecho, a frailejón, a pesebre. A niebla sobre arroyos de agua helada.

Recupero un rumor de tiempos idos. Esta nena huele a recuerdo, y también a pobreza y a humo: en su casa deben cocinar con leña. Imagino a su madre y a sus tías, borrosas mujeres de la montaña que lavan la ropa en palanganas de peltre.

Quisiera saber cuál es el nombre de ella. ¿Violeta, tal vez? No. Manuela tampoco. ¿Jenny Johanna? Menos. Le encuentro en cambio un parecido a alguien que leí una vez, creo que tiene un aire a Monelle, otra chiquita también muy pobre que figura en las páginas de Marcel Schwob. Le viene bien ese nombre, que tomo prestado: si la de Schwob se llama Monelle, ésta también podría llamarse así, aunque en los videos se oye que los familiares que claman por ella le dicen de otra manera. La llaman... Por amor y por respeto a ella ocultaré su nombre; no diré cómo se llama.

Para mí, ella es la Niña-niña. Eso es. La Niña-niña. Alguien tiene que encontrarla antes de que el sátiro le haga daño.

Me causa desazón ver su imagen en medio de esta pornomultitud jadeante que engancha en posición variada, el 69, el misionero, el perrito, la amazona, la cuchara. Crece en mí un malestar que se hincha hasta la angustia. Me da por pensar que esta pequeña se parece a mi sobrina Lorena. Deben tener más o menos la misma edad, y temo por ambas. Ni Lorena ni la Niña son *lindas y seductoras porque sensualmente asoma ya en ellas la mujer que serán*. Babosa frase, vana esperanza de viejos verdes que quisieran creer correspondida su lubricidad desagradable, a quienes más les valiera no hacerse la paja mental y entender de una vez que a las niñas les repugnan los viejos que las miran con ojos pegachentos de deseo.

La Niña-niña y Lorena son muy lindas, sí, pero precisamente porque son niñas, y como toda niña encierran un doble eco de melancolía y encantamiento. Ambas tienen pecho plano, pelo oscuro y huesos largos. No se las ve tristes, a ninguna de las dos; al igual que la Monelle de Schwob, *se alegran sin hablar y dicen cosas sencillas, se ríen con el sol y les gusta el calor, se ríen con la lluvia y les gusta mojarse.*

Yo sé identificar la huella de la tristeza en una cara, soy experto en eso. Lorena no la tiene y la Niña-niña tampoco, criaturas, ambas dos, que han crecido arrulladas por alguien, una madre, una abuela, o al menos por el viento. Dirán que nada sé de la pequeña del monte y que aun así voy de araña desquiciada, tejiendo mi red de especulaciones en torno a ella. No la conozco, es cierto, pero me invade una urgencia, la de protegerla. No la conozco, es cierto, pero entre sueños la recuerdo; su silueta pasa ante mis ojos cerrados como espectro surgido de mi paramnesia.

No logro asirla, sin embargo. Vuelve a avasallarme el pelotón del porno y me empuja al delirio: se entrometen de nuevo los chicos erectos y las chicas abiertas para nublar mi juicio y borrar el rastro de la pequeña ninfa. Me marea esta gente con tanto mete-y-saca y tanto refriegue, ¿parecido al amor, dolorosamente? En medio de sus impostados gemidos de placer, ¿se dirán entre ellos al menos una frase amable? Empieza a dolerme esta multitud proliferante, de nada ha servido aplicarle el delete porque es pertinaz e invasora y sabe resucitar, ya no sé qué hacer con tanto cuerpo dado vuelta de adentro hacia fuera, como un guante. Todos lamen y maman con un hambre de recién nacido. ¿Alguien les dará de comer?

Qué extraños resultan estos seres si los observas con los ojos del asombro, como si fueras marciano y tuvieras que descifrar el retorcido y resbaloso proceso de apareamientos en una gusanera. Tienen una manera curiosa de ensartarse unos en otros, para cada parte cóncava hay una convexa que encaja, y para cada parte convexa hay una cóncava que se ofrece. Van doblemente pelados: se quitaron la ropa y además se arrancaron con meticulosa manía todo el pelo del pecho, de las axilas, las piernas, el pubis y hasta del ano. Su desnudez no es animal; es fría lisura de maniquí arrumada en un rincón del depósito, a la espera de que le den uso. Me espanta su palidez, su falta de color y de calor. Para ellos no hay relato, no hay historia: son apenas mímica y muecas. Son muchos y no son nadie. Les daré un nombre: los despellejados.

Habría que liberar primero a la Niña-niña y después a todos ellos, los esclavos sexuales del Muñeco. Invitarlos a entrar: pasen, pasen las encueradas, bienvenidos los desollados, aquí caben si se aprietan un poco, que mi techo les sirva de refugio. Relájense, damas, descansen, caballeros, deben estar exhaustos por tanta exhibición, requemados por los miles de miradas abrasivas. Síganse para adentro, sigan y se sientan, que aquí estarán a salvo. Quisiera repartir entre ustedes toallas secas, almohadas y cobijas y piyamas de algodón, al fin y al cabo vestir al desnudo siempre ha sido obra de misericordia. Y que duerman lado a lado como hermanitos. Me gustaría facilitarles un receso, un break reparador, un respiro antes de que vuelvan a su soberano agite de coños y lenguas, de penes y culos y tetas.

Se los ve bastante desgraciados, es decir, privados del don de la gracia, mientras en medio de ellos la Niña-niña flota llena de gracia: pequeña ninfa de la quebrada.

Me sale ahora al encuentro una foto en la que ella se está riendo. No escucho su risa, pero adivino cómo cascabelea; es una risita fina y suavemente escalonada, como gorjeo de pichón en el nido, y me hace descubrir que los pájaros no pían, sino que ríen. No lo sabía.

En ésta, Niña-niña frunce el ceño. Carga una olla grande que la obliga a contrarrestar el peso inclinando el torso hacia el lado opuesto. Te das cuenta enseguida que se trata de una niña trabajadora que se toma sus deberes en serio, una de esas chinas superavispadas que nadie sabe cómo ni cuándo logran crecer, terminar bachillerato, entrar a la universidad y en un abrir y cerrar de ojos ya son veterinarias o ingenieras, en todo caso profesionales honradas que sacan a la familia de la miseria, arrastrándolos a todos, tías y padrinos, sobrinas y primos y hermanas, hasta dejarlos bien instalados en la clase media baja, sin gloria pero sin hambre. Así, ella, la Niña de marras, probablemente: una de esas chinas superpilas que se ponen las botas y salen adelante.

¿Trae agua en esa olla? Sube por la loma junto a una señora que quizá sea su madre. Pero esa mujer no la mira ni la lleva de la mano, no podría hacerlo, va cargando cosas entre bolsas plásticas. Está visto que ésas no son zonas donde se camine con las manos ociosas y colgando a los costados, ni se las utilice, pongamos por caso, para acariciar la cabeza de una niña. La vida suele ser ruda en las goteras *de la ciudad de la pena*.

Sigue otra foto tomada el mismo día, al parecer unos minutos después. La niña va quedando rezagada sin que la mujer, que ahora camina adelante, voltee a mirarla o a apurarla. Y sin embargo, se percibe afinidad entre ellas, tal vez por la idéntica manera de agachar la cabeza y clavar la vista al suelo, cuidando de afianzar los pies en las piedras del camino. ¿Al igual que Monelle, también Niña-niña le cuenta a la mujer *cosas sencillas*?

Una foto más, pero ésta es distinta. Sin duda fue tomada en una noche especial. Hay fiesta en el arrabal. Una calle larga, encharcada, bordeada por ventanas sin vidrio que dejan colar el viento que baja del páramo. Perros, tres o cuatro, de los que muerden el calcañal de los ciclistas que pasan. Las casas se ven iluminadas; la electricidad corre robada por cables piratas que se entretejen sobre las cabezas como una red que atrapa cometas. Niña-niña brilla y se destaca porque va coronada con diadema de brillantes. Estrena (supongo) los zapatos blancos de trabilla, y se ha vestido de raso rosado con tul y lentejuelas: está disfrazada. ¿De princesa o de hada? Lo que lleva en la mano podría ser un cetro, o una varita mágica. Su vida, sin embargo, no es ningún cuento de hadas, aunque puede terminar como uno de los más crueles. Suelen ser horriblemente crueles, los cuentos de hadas.

Creo adivinar que en esta foto la princesa niña celebra su cumpleaños. ¿Cumple siete, cumple ocho, pero parece de seis? Es la foto de rigor, la que no puede faltar en ninguna casa de familia populárica: la de la niña vestida de princesa que mira a su alrededor con el orgullo de saberse radiante, porque éste es su cuarto de hora, el día de su coronación, o el de su cumpleaños, o la fecha de su feliz despertar tras un larguísimo sueño.

¿Le habrán contado a la Niña la historia de aquel palacio mustio y yerto, donde todos duermen para siempre? Si no la sabe, me gustaría contársela, a ella y a mi sobrina Lorena; decirles que sólo ellas están vivas, ellas, las princesas despiertas, sólo ellas venerables y verdaderas.

Alguien observa a la Niña-niña a través de una lente.

Pero ella no se entera; se resguarda en su propio universo. Si el grupachón pornográfico existe sólo para la cámara, a esta chiquita, en cambio, eso no la afecta. La mirada ajena le pasa a través como el rayo de luz por el cristal, sin tocarla ni mancharla.

Quienquiera que haya tomado estas fotos lo hizo de lejos, con ella desprevenida, oculto para poder espiarla. Dice Ramón Andrés, el sabio navarro, que la ninfa vive *en el pudor de un ocultamiento que desdeña toda mirada.* Y advierte: *el sátiro la mira a escondidas, la desea, la acecha. Lascivius. Insaciable, trama el asalto, prepara la bajada a la oscuridad del dolor. Ya están bien afinados los instrumentos para la aflicción, el sonido para el luctus. Suena una antigua música para cuerpos apenas vividos y sin embargo ya sabios en todas las resonancias de la calamidad y la desdicha.*

La puerta se abre hacia el dolor. Sobre la Niña se cierne la calamidad. En esta otra foto queda claro que la enfocan desde el asiento del conductor, a través del parabrisas. Basta con aumentar la imagen: sobre el margen izquierdo alcanza a verse en primer plano un segmento del espejo retrovisor. La acechan desde un automóvil, la vigilan desde un lugar sesgado. ¿Durante horas? ¿Días enteros?

El sátiro que avizora a la ninfa ¿es realmente mi amigo el Muñeco? ¿Puede ser eso cierto? Me cuesta creerlo, me niego. El sátiro que rapta a la niña es mi amigo el Muñeco: repito esa frase hasta que me convenzo. Es un hecho. ¿Es un hecho? Tienen el número de su placa, lo han grabado los videos de las cámaras de seguridad. Hay constancia de su acoso. Ha sido él. Mi amigo el Muñeco. Mi cabeza se niega a aceptarlo. Pero pruebas irrebatibles me ciñen la frente y aprietan.

En potente Mitsubishi Outlander, doble cabina de tracción 4x4 y carrocería en vistoso color Rally Red, el sátiro ha remontado barrancos por las escarpaduras del cerro hasta llegar al barrio Vista Hermosa Sección III: va en busca de trofeos. Ha salido en plan batida, recién bañado y orondo, ¿perfumado con Eau Sauvage de Dior? Se sabe todopoderoso e impune, al fin y al cabo aquel barrio es *su patio trasero,* su coto privado de caza. Entre matorrales se aposta y vela, *lascivius,* a las criaturas más pequeñas. Espera, inmóvil, y planea el zarpazo.

Entre todas, ha elegido a Niña-niña. La víctima preferencial será ella.

Sus dos ojos la miran, uno con soberbia y desdén, el otro encendido en fiebre y deseo. Se dilatan sus pupilas. Borracho de apetito y de poder, el sátiro vibra y se tensa, listo para conquistar y destrozar. Nada escapará a su voluntad tiránica. Su ego galopa en su propia hybris y su sombra se proyecta sobre la absoluta indefensión de la niña.

La observa tan intensamente que su visión se vuelve tacto. Con el poder de la mirada la acerca y la cerca. ¿Y ella, entre tanto? Ella entre tanto navega en desprevención, suspendida, replegada sobre sí misma, ciega a esos ojos que la devoran, ignorante de ese aliento que la alcanza y la ensucia, desentendida de esa presencia que la contamina.

La pequeña Niña-niña, ninfa del bosque.

Él va a lo que va, ya sabe por quién, la tiene en mente, la escogencia está hecha.

Ha venido por ti, Niña-niña, ¡sal corriendo!

¿Pero dónde está, que no la veo? No encuentro aquí más fotos de ella. ¿Desaparece para ponerse a salvo? Yo siento un alivio inmenso. Sueño que ella ha logrado escapar. La última vez que la vi, iba descalza y llevaba un vestido holgado sobre el cuerpillo etéreo. Se adentraba en nubes de niebla y a lo mejor se elevaba, dejándose arrastrar por el viento. Ese mismo viento que en las madrugadas de mi adolescencia soplaba entre los eucaliptus.

Qué vergonzosa hipocondría la mía, qué vaina decadente, en momentos así me paralizo, me invade una nostalgia que me anula, como a un viejo enfermo. Y lo que es peor, siempre que hay drama y los demás resultan lastimados, yo acabo llorando por mi propia persona. Cuando a otro lo ataca la aflicción, yo, Hobbo, como si no fuera Job, me suelto en lamentaciones por mis propias cuitas. Nada que hacer. Ése soy yo, un caracol enroscado en su concha. Mi alma, o lo que queda de ella, está hecha de aquel olor a monte que ya no baja hasta mi casa ni entra por mi ventana. *Ese viento* (dice Roca), *mi alma es ese viento*.

Otra vez ataca el celular con *Für Elise:* me llama de nuevo Eugenia y esta vez suena conmocionada, o sea, todavía más que antes. No han encontrado a la niña, me dice, y me pregunta si sé del paradero del Muñeco.

—Díselo enseguida a la Policía —me azuza—. Diles lo que sepas antes de que pase una barbaridad.

Logro contarle que tengo su laptop, el laptop del Dolly-boy, y que ahí he descubierto fotos de la niña perdida. Eugenia no puede creer lo que está oyendo. Pregunta si estoy seguro. Quiere saber cómo es posible que yo no haya hecho nada. Su pregunta me sorprende, aunque más debería sorprenderme que me sorprenda tanto.

—¿Qué quieres que haga? —es mi atolondramiento el que habla.

Qué puedo hacer, qué, yo, Hobbit, Hobbo, la antítesis de la acción. El antihéroe por antonomasia. Sé que a mi hermanita le hubiera gustado que yo tuviera arrestos de James Bond, y que el buenazo de su marido fuera menos Clark Kent y más Supermán, y que mi padre el indiferente la acogiera como un Papá Noel de barbas blancas y blanda panza.

—Sobreestimas al género masculino —le digo, pero ella pasa por alto mi comentario.

—¡Diles dónde está el Muñeco! —ordena—. Sigue siendo tu amigo, ¿no? ¿Lo ves de vez en cuando? Seguro conoces su casa, diles dónde pueden buscarlo...

—El Muñeco ya no está en Colombia, o al menos eso me dijeron, no van a poder atraparlo, Eugenia, se largó en un avión, qué quieres que haga.

—Me siguen entrando whatsapps con videos. Todo quedó grabado, todo, hasta el momento en que la agarró del pelo y la metió a la brava en su camioneta, y sale también un niño que dice que es su primo, el primo de la niña, que trató de retenerla por los pies para que el tipo no se la llevara. Ese niño dice que el tipo lo apartó de una patada en el estómago —Eugenia habla sin parar; cuando se monta en el tren de sus propias palabras no hay quien la detenga—. ¿Sabes? —me dice—. Tanto no me extraña.

Siempre hubo algo raro en Chucky, algo cruel, ¿me entiendes? Algo enfermo. Pero vete ya, Hobbo, no esperes más, cada minuto cuenta, entrégale ese laptop a la Policía, les dará alguna pista, algo...

—A la Policía ni loco, desconfío más de los policías que de los hampones.

—Entonces a la familia. A la familia de la niña —grita Eugenia desde Melbourne—, esa gente está en la calle, búscalos ya, Hobbo, no deben andar lejos de Santa María de los Ángeles, ya hasta los noticieros de televisión están informando...

Al parecer arriba, en el barrio, los otros niños dieron la voz de alerta, los vecinos alcanzaron a anotar la placa de la matrícula, avisaron a la Policía y han bajado en patota a la ciudad, denunciando el rapto a gritos. Gritan tanto que los medios se interesan y empiezan a difundir la noticia, que va siendo seguida minuto a minuto como happening macabro. Cientos de niñas desaparecen cada semana de los barrios populares sin que nadie tome nota ni se inmute, y sin embargo esta vez todo es excepcional y distinto: el raptor es uno de los Divinos. Suculento el chismonón, jugosa página sensacionalista.

—¿Quieres que yo salga a la calle? —le suplico comprensión a Eugenia—. ¿Y si me preguntan por qué tengo ese laptop con fotos de la Niña? ¿Y si me enredan en ese asunto?

—Tú nada que ver, no tengas miedo, yo sé que no llevas velas en ese entierro, yo te conozco, Hobbo, tú eres un buen tipo. Ve corriendo, hermanito, hay que dar con la niña, mira que debe tener la misma edad de Lorena, es apenas una nena, no hay derecho, qué atrocidad, carajo, qué infamia, ¡corre, Hobbo! ¡Ya!

Eugenia no corta hasta que yo acepto. Acabo de prometerle que buscaré a la familia de la niña y le daré el laptop, para que ellos dispongan. Y sí, voy a cumplir, promesa es promesa, qué opción me queda. Me calzo los Converse y la chaqueta Adidas de capucha. Me acuerdo de Malicia, de pronto la echo muchísimo de menos, ha estado tan ausente durante estos días negros, dónde andará ella, Malicia, puedo oírla diciéndome al oído que con esta capucha parezco un monje loco.

Estoy listo, me parece. Por si las moscas saco del baño desodorante y cepillo de dientes y los echo al bolsillo, digo, por si me detienen, nunca se sabe, ahora me queda clarísimo que ese laptop es candela, puro cuerpo del delito. Ya estoy en la puerta... pero me detengo y avanzo por donde venía, o sea que doy marcha atrás.

Conecto Skype y llamo a mi hermana.

—Oye, Eugenia, este coso tiene huellas mías por todos lados...

—Qué coso, ¿el Mac del Muñeco? ¿Le has metido mano? ¿Has estado jeringuiándole?

—Pues sí, bastante, es que yo, mejor dicho Tarabeo...

—Lo que sea, después me explicas, ahora haz lo que voy a decirte.

—Pero no creas que me he quedado de brazos cruzados, sí me preocupa esa nena, y mucho. Saqué todas sus fotos de donde él las tenía y las puse en cambio en una carpeta aparte, y...

—Hobbo, Hobbo, olvídate de las fotos. Allá afuera, en la vida real, hay una niñita de carne y hueso que debe estar asustada y pasando por el infierno.

143

Por lo pronto concéntrate en lo de las huellas. ¿Tienes alcohol?

—No creo.

—Entonces whisky, o ginebra.

—Algo de eso.

—Pues con un algodón entrapado limpias bien el aparato, ¿me oyes? Por todos lados, y no lo toques más como no sea con guantes, ¿tienes un par de guantes?

—Unos de invierno, de cuando fuimos a Nueva York, ¿te acuerdas?

—Pues ésos.

—Pero son como mitones, no tienen dedos...

—Igual sirven, dale, póntelos. Limpia ese aparato y vete.

Me aplico a desaparecer mis huellas del Mac, sí, pero no como Eugenia sugiere, ella es más lista que el hambre, pero analfabeta en materia de cibernética. Ni voy de MacGyver, ni mojo en ginebra la punta de la camisa. En cambio, echo mano de un productico de lo más coqueto que conseguí hace meses en un retail de Apple, un pack de flush-flush para pantalla y teclados, cada uno con su esponjita, una preciosura que me costó un huevo, pero ni mandado hacer, aquí cae de perlas.

A ver, a ver, y ahora dónde. Dónde diablos estarán esos benditos guantes. Escarbo en mi clóset, que ya de por sí es un reburujo, hasta que doy con ellos. Los encuentro entre un gorro muy cacharro, peludo por dentro y con orejeras, ¿y me lo chanto también, y así paso de incógnito? Me miro al espejo con mi viejo gorro de hombre de las nieves y hasta risa me daría, si la ocasión no fuera dramática. No, ni de coña me lo llevo puesto, con los solos mitones ya voy suficientemente ridículo, vaya boleta.

Otra vez estoy a punto de salir cuando me ataca una nueva duda. Ésta es punzante como espina en la garganta. Vuelvo a llamar a mi hermana.

—Sólo dime algo, Eugenia, necesito saber.

—¿¡No te has ido!? Me prometiste, Hobbo...

—Espera, espera. Lo voy a hacer, ya voy, ya casi. Pero antes necesito saber una cosa. Quiero que me digas la verdad. Cuando eras niña, ¿el Muñeco te hizo algo?

—¿Te refieres a algo malo? ¿Lo dices por lo de la niña de hoy?

—Sólo pregunto. Necesito saber.

—Cómo se te ocurre, a mí no, nunca me hizo nada, de eso hace mil años...

—Se las daba de muy cariñoso contigo...

—Muñeco debía tener la misma edad que tú y yo unos cuantos menos, y él decía que era mi novio, pero Hobbo, por favor, era sólo jugando.

—Júrame que nunca te hizo nada. Júramelo por Dios.

—No creo en Dios.

—Sólo júramelo.

—Te lo juro.

—¿Y a Lorena tampoco?

—Calma, Hobbo, qué te pasa. Claro que no, a Lorena tampoco, a Lorena casi ni la conoce.

—Pero a la niñita del barrio...

—Quiera el cielo que a esa niñita no le haya pasado nada, ve corriendo y entregas eso, a lo mejor sirve de algo. A nosotras no, Hobbo, serénate, a nosotras el Muñeco no nos hizo nada. El vampiro pálido no ataca a los de su raza.

Para animarme a cumplir con mi cometido, Eugenia me ofrece acompañarme telefónicamente. Dice que me irá monitoreando hasta asegurarse de que estoy a salvo. Yo le agradezco el detalle. Salgo por fin a la calle muy resuelto a todo, pero enseguida me acuerdo de mi hambre. Mi hambre cromañona que me muerde por dentro. En todo el día no he comido nada, se me ocurre pensar que podría echarme antes la pasadita por El Corral y zamparme de velocidad una hamburguesota. Una todoterreno con doble carne, queso cheddar, lechuga crujiente, tomate y bacon, más papas a la francesa, anillos de cebolla y batido de vainilla. Eso. Sí, eso, por qué no, me paso por El Corral y me doy en la vena del gusto, hoy me gasto la platica y mañana ayunaremos. En quince minutos despacho el banquete y ya luego voy corriendo y le hago el mandado a Eugenia.

Últimamente soy un robot que obedece órdenes, primero las de Tarabeo, que me ordena ocultar, y ahora las de Eugenia, que me ordena revelar. Soy un robot obediente. Pero si las autoridades van a detenerme, más vale que sea con la panza llena. Aunque claro, Eugenia me recontramata si le confieso mis aviesas intenciones. Mejor hago lo que tengo que hacer, y dejo El Corral para después.

Decidido está: primero el deber, después el yantar.

Aquí voy hacia el norte despacito, poquito a poquito, como machaca la canción-gusano o bomba viral que por estos días taladra los oídos y no deja pensar. Bajo el brazo llevo el maletín con el Mac envenenado. Esquivo las miradas; soy el enigmático hombre de los mitones. En el bolsillo del pecho, sobre el corazón, el celular en contacto directo con el ángel guardián que me cuida desde Melbourne.

Ya olfateo un exceso de presencia humana. Empiezo a oír las voces que gritan consignas, la multitud está cerca, me entra un auténtico yeyo. De veras lo siento mucho, pero no sé si podré seguir adelante, creo que padezco de bochinchefobia, o como se llame eso en griego.

Pensar en el peligro que corre la Niña-niña me devuelve el valor que no tengo, y sigo adelante. O será más bien miedo de lo que diría Eugenia, o deseo inconfeso de atrapar al Muñeco infraganti y confirmar así mis viejas sospechas sobre su propensión perversa y su mala leche. Ya los veo, allá están los familiares, todavía vociferan, incluso más fuerte que antes. Siguen frente a Santa María de los Ángeles, pero ahora desbordan la plaza; muchos se les han sumado, incluso un par de periodistas con cámaras de TV. Se han multiplicado las caras estampadas de la Niña-niña y las de su raptor, el Muñeco.

Mi amigo el Dolly-boy, que a estas alturas ya debe haber aterrizado en tierras remotas, aunque esta gente no esté al tanto de su fuga infame.

Me paro al lado de un grupo que porta pancarta pero que permanece un poco apartado del tumulto. Les pregunto si son familia de la niña y me responden que no: son vecinos de su barrio.

—Ella es la tía —me dicen, señalando a una mujer a todas luces joven pese a que tiene el pelo entrecano, y que en este momento se prepara para dar declaraciones frente a una de las cámaras.

De pronto un frío glacial me recorre la espina dorsal. Es el pánico. Peor todavía: es la cizaña de una duda. Una duda corrosiva y turbadora. ¿De veras voy a entregar al Muñeco? ¿Seré capaz de semejante

147

felonía? Qué dirá Tarabeo cuando se entere de mi traición, como mínimo me cuelga de un poste, me capa con cortaúñas, me saca los ojos. No puedo. No puedo. Que me perdonen Dios y todos sus ángeles y denominaciones, pero no puedo entregar este aparato, la vida de mi cuate el Muñeco va en ello. No, no puedo. Es superior a mis fuerzas, aunque quisiera no podría. Fidelidad de amigos de infancia, logia de los Tuttis, viejo pacto. No se traiciona así a la propia sangre.

Se aprieta la conglomeración y yo siento que la taquicardia me acogota, qué diablos hago aquí parado, yo, el recóndito hombre de los guanteletes, en medio de esta gente que grita y que llora y relata su triste historia. Todos hablan a la vez, pretenden que yo escuche, agradecen mi apoyo, mi presencia. No sé cómo explicarles que no lo merezco, que aquí donde me ven yo pertenezco al otro bando.

Opto por sellar los labios para que en boca cerrada no entren las moscas ni salga alguna imprudencia que me delate; si este personal supiera quién soy me lincharía aquí mismo, yo, el íntimo amigo del secuestrador, aquí, berracamente dando papaya y a punto de ser destrozado por una chusma nueve-abrileña. Me sudan horrible las manos. ¿Por qué, Eugenia, hermana mía, por qué me has mandado al muere? Estoy parado justo en medio de la gente que tendría razón de sobra para odiarme, para torturarme hasta que yo confiese lo que no sé: el paradero del Muñeco. ¿Me indultarían, creerían en mi inocencia si les digo que es en vano, que el malvado ya está fuera del alcance porque va volando en avión rumbo a los confines de la tierra, y que ya no lleva consigo a la niña? Y si me preguntan por ella, ¿me matarán si les digo que su único rastro está en la memoria de este ordenador que cargo bajo el brazo?

Pensarán que vengo a espiarlos, me lincharán por quintacolumnista, por provocador, por busca-pleitos. Ay, Eugenia, hermanita, no veo cómo podré salir de ésta. Debo estar pálido como la muerte, me va a delatar mi aspecto de cadáver ambulante.

Huelen a humo. Son ellas. Ellas, las mujeres de la montaña, las que cocinan con leña y lavan la ropa en platones de peltre. Y yo, ¿quién soy? Ni más ni menos que el enemigo: uno de los cinco Tutti Fruttis, el quin-to de los Divinos, el cuasihermano del sátiro. Las veo repartir de mano en mano volantes con la foto de él sobre un letrero que reza *se busca*. Y me entra un pál-pito: debo parecerles idéntico. Él en lindo y yo no tanto, pero hijos de papi los dos, aunque él sí tenga un papi, y yo como si no tuviera. ¿Y si estas gentes nos confunden, creyendo que yo soy él y él es yo? ¿Y si en el fondo tienen razón? Hundo mi desvergonzada cara en el anonimato de la capucha, escondo las manos culpables en los mitones de invierno.

Pero esta gente me acoge. Me toman del brazo, agradecen mi solidaridad y mi presencia, me ven cara de aliado, de punto de apoyo, quieren que los ayude a encontrar a la niña que les han robado. Me cuentan cosas, quieren que yo sepa cómo fue todo, tal vez me creen periodista, eso debe ser. Poner cara intrépida de reportero puede ser mi salvación.

Según ellos, la nena jugaba en la calle con sus her-manos, con sus primitos, apenas juegos de niños po-bres: eso me dicen y me preguntan qué mal puede haber en eso. Somos gentes del campo, me dicen, lle-

149

gamos a Bogotá huyendo de la violencia. Yo los creo, cómo no, tienen cara de eso, de desplazados, o de *refugiados,* como les dirían en Europa, sólo que aquí no hay quien les dé refugio, y en Europa tampoco, la verdad sea dicha. El estribillo suena angustioso: somos buenas personas, los padres de la niña son gente humilde pero honesta, la niña es la reina de la casa, sólo siete añitos, figúrese, qué mal puede hacer esa criatura, por qué se la lleva a ella un tipo rico como ése, un joven bien parecido y con portentosa camioneta, bien vestido él, todo un doctor. Si parece actor de Hollywood, ¿para qué quiso llevarse a nuestra niña?

Imposible más clara indefensión de la víctima y más prerrogativas para el victimario. Tienen razón estas gentes, la pregunta quema. Por qué a ella.

Por qué el Dolly-boy, el gran matón, el megatleta, el más fuerte y musculoso, el protomacho, por qué escoge como víctima a la criatura más vulnerable, más indefensa.

Pero cómo explicarles a ellos que también yo quedo lelo ante ese interrogante, paralizado ante lo escurridizo de algo que no tiene agarradero. Le doy vueltas por los circuitos recalentados de mi cerebro, ¿por qué a la Niña?, y creo llegar a algo parecido a una réplica.

La única respuesta posible viene compacta, en una palabra: precisamente.

La escoge a ella, a la Niña-niña, *precisamente* por ser la criatura más indefensa del universo. La más vulnerable. Precisamente por eso.

Él es hombre, ella, mujer.

Él, adulto, ella, una niña.

Él, blanco, ella, de piel oscura.

Él es rico, ella, paupérrima.

Él es el más fuerte, ella, la más débil.

Él, amo y señor. Ella, criatura del extrarradio.

En contraposición a ella, el venido a menos Muñeco, últimamente desmejorado y tirando a perdedor, vuelve a ser un gigante. De nuevo un titán con todos sus atributos intactos. Otra vez espléndido y todopoderoso, como cuando era el bello y rubio jefe de la banda de guerra.

En contraposición a ella, él vuelve a ser Dios.

Otra vez se siente Dios, ¿y la apoteosis de su orgasmo vuelve a ser cósmica?

—Es una niña muy formal y estudiosa —dice alguno—, cuando grande quiere ser maestra.

Maestra no, siento la tentación de corregir, Niña-niña no quiere ser maestra, ella quiere ser hada, o reina. La Reina Elfa de la Montaña, la Princesa de la Bruma, la heredera de un trono verde y alto. Eso quiere ser ella.

Me pregunto cosas que por ahora no tienen respuesta. ¿Querrá la Niña algún día regresar a su tierra? Esa tierra, según escucho, donde la familia abandonó casa, cosecha y animales y dejó enterrados a sus muertos, entre ellos dos recientes, el uno asesinado a tiros y el otro a golpes de machete. ¿Querrá regresar Niña-niña? Puede ser. Tal vez cuando sea grande, dentro de varios años, ya no vestida de hada, o de princesa, sino enfundada en un sastre azul marino, zapatos planos y bolso terciado, un atuendo muy propio para maestra de escuela que a la salida de clases despercude de tiza el paño de sus mangas. Tal vez eso llegue a ser la nena, la baby girl, y tal vez entonces querrá volver al campo, a enseñar Inglés o

Botánica, a recuperar lo suyo y a honrar a sus muertos: tal vez. En ese día futuro que quizá no haya para ella.

En las calles de tierra juegan los niños, y Niña-niña con ellos. Mi mente desorbitada se engloba en evocaciones: lecturas de Valentine Penrose que hablan de chiquillos solitarios en los callejones de los arrabales, o niñas que bajan ciruelas a pedradas en alquerías lejanas, por donde pasa a caballo buscando a sus presas el cruel Barón de Rais, allá en el siglo XV, primer pedófilo en serie que la Historia registra, y asesino masivo de infantes.

Ha sido dura la niñez de Niña-niña, la pequeña bogotana; dura pero no muy distinta a la de cualquier otra niña pobre de Colombia. Todas podrían mirarse en ella como en un espejo. Su niñez ha sido dura pero ella es alegre, y va por el barrio vestida de princesa. Abajo la ciudad ruge, enorme y ajena, pero arriba los vecinos se conocen. Se ayudan entre sí, en digna y esforzada sobrevivencia.

A las nueve de la mañana de este sábado aciago la camioneta relumbra al sol, roja como una golosina, como una manzana acaramelada, nuevecita, como salida de una fábula. La Niña deja de jugar para mirarla, se acerca para pasar la yema de los dedos por el rojo tibio y radiante de la lámina; nunca un color brilló tanto, ni un rojo fue tan rojo. Resulta inimaginable que una nave así suba hasta esas alturas de olvido y abandono. Ni la Policía arrisca hasta allá, ni siquiera los camiones de reparto de cerveza, ni tampoco el cura para dar la misa. ¿Por qué entonces? Para qué los visita este muchacho tan bien vestido y sabrosamente perfumado, tan buenmozo él, y extrovertido, simpático. Una persona de dinero, se le nota el billete como si lo llevara pegado a la frente. Un rico, figura tan legendaria como un ángel o un centauro: un rico. Alguien casi impensable desde la óptica de la favela. Niña-niña ha escuchado hablar de gente así: *los Divinos*. O sea que viene siendo cierto que en la otra vida hay una vida mejor, sí, sí la hay, pero cuesta más.

Una raza aparte: semidioses, o algo por el estilo. Que si los ricos son así, que si los ricos son asá: Niña-niña pone atención y cree que le están contando historias de marcianos. Sabe que en algún lugar existen y viven sus vidas doradas; tal vez sus tías, o su abuela, trabajen como sirvientas en casa de alguno y le hayan venido con el chismorreo. Pero ésta debe ser la primera vez en su vida que la baby niña está cara a cara con uno de ellos: un Divino de verdad. Su aparición es como un milagro: todo un príncipe azul de carne y hueso.

Su carroza brilla al sol, metálica, satinada, y los niños de la barriada la rodean, curiosos, digamos que encantados. El príncipe es cordial, les acaricia el pelo, les ofrece monedas, se aproxima a ellos. Los hace reír con carantoñas y chistes, les cuenta un sartal de cuentos chinos, les ofrece colombinas, les regala juguetes baratos pero irresistibles. ¿Los invita a subir a su carroza prometiéndoles paseos, columpios, toboganes y montañas rusas, bizcochos de crema en pastelerías francesas, palomitas de maíz en la última película de Disney?

Les abre la puerta de la Mitsubishi: suban, niños, suban con su tío, su tío los quiere mucho y los va a llevar de paseo. ¿Es eso lo que les dice? ¿Es eso?

Como ninguno acepta, él se molesta. Los niños se sorprenden ante el repentino cambio de ánimo del visitante. Ahora grita groserías —suelta un hijueputa, un carajo—, su gentileza se ha evaporado. Algo malo deben haber hecho ellos, los niños, que suscitó su disgusto. El príncipe ya no es cordial, ahora es rápido y violento.

La Niña-niña salta y se escabulle, ágil como una liebre, resbalosa, difícil de atrapar como un pez en el agua. Pero al fin sucumbe ante la mano de hierro con que el desconocido la aprisiona. De nada le vale tratar de escapar; la apuesta va mil a uno en contra de ella. Alguno de sus primos la agarra por los pies para retenerla, pero el hombre lo aparta de un empujón, o de una patada. Atónitos y asustados, los demás niños ven cómo la carroza se aleja a toda velocidad entre una nube de polvo, llevándose dentro a la nena de rosado.

Atrás quedan las cosas que eran de ella, abandonadas: su butaco cojo; su cuchara de plata; *todos sus trapos;* su espejito amado aunque estaba roto; su cobija blanca, ya gris de tanto trajín. ¿Nunca volverán a verla sus amigos del barrio? Se cansan de escuchar una y otra vez las advertencias de los mayores sobre príncipes falsos que suben en falsas carrozas desde la ciudad.

Después se sabrá que no era la primera vez que el príncipe rabioso aparecía en su camioneta por aquella barriada. Ya lo había hecho antes, al parecer en varias oportunidades. ¿Para inspeccionar? ¿Para calcular chances? ¿Para preparar el golpe?

Es un depredador que va en busca de presa. Como todo cazador, actúa bajo un doble signo: instinto y oportunidad. Hay actos de crueldad que se cometen al calor de un arrebato. Él opera a sangre fría. Con alevosía y premeditación.

¿Y entre tanto, yo? Yo, Hobbit, Hobbo, Job. Yo, el traidor que va a entregar al amigo, sin darle siquiera un beso ni esperar treinta monedas de plata en recompensa. Yo, a punto de delatar como un judas, y desde ya temeroso, aterrado, arrepentido, marcado en la frente con el signo de mi apostasía.

La mujer entrecana que dicen es la tía ya está dando declaraciones y hasta acá me llega lo que dice. Su voz es firme y clara. Sus palabras me estremecen, taladran mi conciencia y la sacuden; hacen que le coja miedo a mi miedo, que sienta vergüenza por mi cobardía.

Con la potencia de quien se mantiene entero pese a haber sufrido agravio, la mujer dicta ante el micrófono una sentencia rotunda, una profecía tan aguda que desde ya sé que se ha de cumplir. Tiene que cumplirse forzosamente. A veces sucede que por boca de alguien habla la voz del destino. Y cuando eso pasa, sacude el piso bajo tus pies.

—¿Por qué se llevó a nuestra niña? ¿Por qué a ella, a la nuestra? Ese hombre la escogió al mirarnos la pobreza, al ver que no teníamos nada, ni educación, ni dinero, ni nada. Pensó que nos íbamos a dejar. Pero se equivocó, porque para nosotros los hijos son sagrados —increpa la mujer, y vibran en el aire su santa indignación y su fuerza soberana.

Nuestros hijos son sagrados, eso ha dicho la mujer. Bíblica y sibilina, ha pronunciado palabras graves y barajado los arcanos mayores. La Niña es intocable porque es sagrada. El Muñeco se equivocó al pasarlo por alto. El Muñeco está perdido. Ahora lo sé. El Muñeco *es* el sátiro. Ya no me cabe ninguna duda, en ningún sentido.

Timbra mi celular.

Debe ser Eugenia, que llama para animarme, pero no le respondo porque no hace falta. Sé lo que tengo que hacer. Un súbito espíritu épico ha tomado posesión de mí, una ira asesina contra el Muñeco, una urgencia visceral de vengarme en nombre de la Niña, un honesto deseo de ayudar como pueda a que ella aparezca sana y salva, y despierte del horrible sueño y vuelva a estar entre los suyos, arriba en la montaña. Por empuje de mi propia convicción, me encamino hacia la mujer que acaba de hablar.

Prudentemente espero a que la cámara de televisión que la ha estado filmando se retire; poco me conviene figurar de espontáneo en este reality. Ya. Ya tengo a la mujer al alcance y le entrego el maletín con el laptop del Dolly-boy.

Con seño adusto y brazo tieso, ella toma aquello en la solemnidad del momento, como quien recibe un diploma, un acta de defunción, un premio, una cuenta de cobro: algo en todo caso revestido de enigma e importancia. Sólo un instante después reacciona y me mira con extrañeza, como queriendo indagar de qué se trata.

—Es el computador del hombre que se llevó a su sobrina, en la memoria trae fotos de ella —le digo, entregándole en un papelito la clave correcta, el famoso 15mayo1990, que viene siendo como quien dice la llave del cuartico prohibido y sangriento de nuestro Barba Azul, el Muñeco. Aún no he terminado mi misión cuando me abandonan las fuerzas, y el soplo de valor se me deshace en un suspiro.

Me desinflo, me derrito, pobre mono de nieve al llegar la primavera, triste personaje enmudecido y con mitones. En cambio mis piernas cobran vida propia, decididas y proactivas, mandonas y empecinadas, y responden por sí solas al impulso de salir corriendo. Yo salgo en estampida detrás de ellas. Desconcertada, la tía de la niña, la poderosa sibila, ni siquiera alcanza a preguntar mi nombre, y si lo hace tendrá que ser al aire, porque yo ya no estoy allí para responderle.

Corro y corro y no paro hasta llegar a mi descascarado edificio, subir los cuatro pisos a zancadas y encerrarme en mi casa con doble llave y falleba. Entonces sí, le marco a Eugenia.

—Ya lo hice —le anuncio, y corto.

Tal ha sido el fogonazo de adrenalina, o el bajonazo de bilirrubina, o el drenaje de testosterona, que ya ni hambre tengo. El hambre se me ha transformado en sueño. Una somnolencia imbatible y repentina, casi una pequeña muerte. La energía me alcanza apenas para llegar al sofá, tirarme despanzurrado y cubrirme con la ruana.

Despierto no sé cuántas horas después, sin saber si todavía queda sol en el cielo. Con obsesión machacona he estado soñando con serpientes marinas, o gordas reptilas, pero no cualesquiera; éstas tenían que ver con visiones fuertemente sexuadas y de espeluznante violencia. Dibujaban entre ellas un frondoso sueño que sabía entenderse a sí mismo, pero que a mí me escatimaba su significado. No puedo precisar en qué consistía el argumento o trama onírica de estas largas horas entrapadas en sudores; sólo sé que me trajo en vilo, como quien dice colgado de las lámparas, hasta la hora avanzada de mi despertar, cuando ya comenzaba el resto de mi vida.

Vibra locamente el celular, cucarrón grávido de mensajes sin leer, sobre todo provenientes de Eugenia. Son escuetos y demoledores: *Apareció la Niña. Muerta.*

Lo que hallaron fue su cadáver. El cuerpo violado y destrozado de la pequeña.

No sé cuánto tiempo ha pasado desde que lo supe, he perdido la cuenta. Siento que todo lo que me rodea está impregnado de olor a muerte.

Tengo en la mano el dictamen de la Fiscalía General. Dice que la Niña-niña fue espectadora de su propia tragedia. Cada frase es brutal. Cada palabra quema:

Las pruebas recolectadas señalan que la menor fue objeto de una clara violencia física y psicológica que indica de manera contundente que el procesado, de manera deliberada, *consciente y voluntaria, aumentó en provecho suyo el dolor y el sufrimiento de la víctima,* una niña de siete años que en esos momentos no entendía lo que estaba pasando, reducida *a simple objeto de placer,* frente a lo cual ella no podía ser más que un espectador de su propia tragedia.

El solo hecho de buscar una mayor excitación sexual cuando cometía el acceso abusivo evidencia que cada uno de los actos se llevó a cabo de manera deliberada y buscando un provecho adicional.

El procesado escogió deliberadamente a su víctima aprovechando su compleja situación de mujer, niña e integrante de un grupo social vulnerable, mientras que su propia posición económica le facilitaba las condiciones para su comportamiento inhumano.

No sé en qué momento, o mediante qué secuencia, el Muñeco se convierte en monstruo. ¿Cuándo pasó de la mera indiferencia y desdén frente a los demás al acto de destruir y aniquilar de manera salvaje? ¿Cómo pasó de la frivolidad a lo abiertamente atroz? En un abrir y cerrar de ojos. Tal vez frivolidad y horror van de la mano, y no existe escalpelo tan afilado que pueda desgajarlos.

Un monstruo. Convertido en un monstruo.

Y sin embargo, el director de Medicina Legal, apabullado y conmovido —rasgos que no hubiera yo esperado en alguien de su oficio—, acaba de decir por televisión que a Muñeco no se lo debe llamar *monstruo*.

—No es un monstruo —insiste—, es un ser humano. Y ésa es la tragedia, que esto lo ha hecho un ser humano.

Tiene razón. Lo peor es la manera brutal en que un hombre puede llegar a violentar los parámetros de lo humano.

No confío en mí mismo a la hora de procesar la secuencia. La tortura de la Niña, la violación y el crimen, sus resortes secretos, su pavorosa ejecución.

Un vacío sin nombre me oprime el estómago, me siento más solo que un cachorro de Chernóbil, esos perritos que nacen radioactivos y que nadie debe acariciar. No sé dónde meterme, qué hacer con mi persona. No resisto el contacto, ni siquiera conmigo mismo. Neutralizo el celular en modo avión para que las llamadas no me avasallen y me paso las horas instalado en videojuegos. Amo ante todo Angry Birds, lo más hipnótico que han inventado los finlandeses.

Me arrebato disparando pájaros sin alas contra cerditos verdes, infinitamente, y así puedo pensar en otra cosa. El juego no tiene fin, cada vez que superas un nivel, tienes que enfrentarte al siguiente. Malos, esos cerdos, y ladrones. Bad piggies. Green piggies. No me interesa nada más: los cerdos se refugian en bloques de madera, de vidrio, de piedra, y yo reviento esas construcciones a golpes de pájaro. Gano puntos, toneladas de puntos. Se alumbra la pantalla en un estallido feliz de puras carcajadas, timbres y campanas. Quiere decir que voy ganando. Mueren los cerdos. Explotan los pájaros. El negro se llama Bomb. El rojo es el más verriondo. El amarillo, el más veloz. A los cerdos verdes les gusta la rumba, son buenos constructores. Pero los pájaros se lanzan contra ellos y los aniquilan en una hecatombe de bloques que aplastan. Los pájaros sin alas no pueden volar, pero destruyen, producen tremendos destrozos. Y yo gano puntos, toneladas de puntos reventando cerditos verdes. Helter skelter para todos ellos; larga vida a los pájaros desalados.

Tan pronto paro de jugar, así sea para ir al baño, la Niña-niña regresa y vuelve a ocupar toda mi cabeza. Si me quedo dormido, sueño con ella. Si pienso, pienso en ella. Si le doy rienda suelta a la memoria, la recuerdo sólo a ella. Toda esta tragedia es demasiado cercana, la llevo pegada a la piel, me pega en plena cara como una bofetada. Demasiado cercana. Demasiado. Esta historia aborrecible se entrevera estrechamente con la mía: me cae encima la culpa entera.

El horror que ha causado el Muñeco es mi propio horror.

Él y yo somos hermanos siameses: me consume esa obsesión. Estamos hechos de la misma sustancia, y es sustancia podrida, pestilente, ponzoñosa.

Si apago los Angry Birds me avasalla la andanada de los noticieros, que difunden el crimen al rojo vivo y a los cuatro vientos. Yo, que en mi vida he abierto un periódico, que jamás prendo la televisión ni sigo una noticia, aunque esté anunciando el fin del mundo, yo, Hobbo, Hobbit, Job, quién me ha visto y quién me ve, hoy soy esclavo de los telediarios. Me alimento de los comentarios, devoro reportajes, últimas confidencias, entrevistas, tuits: estoy enchufado a todos los cables y tengo una gigantesca antena por cerebro. Ni los cerdos verdes logran protegerme; no me salvan los pájaros sin alas, vuelan en pedazos mis refugios de vidrio, de piedra, de madera. Mis refugios de olvido, de ceguera o de indiferencia: de nada sirven, los vuela el viento.

Las voces de mil reporteros me hablan al tiempo, atropellándose unas con otras y generando un inmenso ruido. Reviven la concatenación, desmenuzan las consecuencias, investigan, recrean. Se les llena la boca relatando al detalle, se quedan sin palabras, trinan de indignación.

Yo lloro de rabia, lloro de llanto, me ahogo en rabia y en lágrimas, y no logro entender. Adónde la llevó. Cómo la arrastró, la quebró, la maltrató. Cuántas horas duró la tortura: qué sucedió en el interior de ese apartamento donde Muñeco mantuvo cautiva durante horas a la Niña-niña.

La inclinación natural es a cerrar los ojos. O voltear la cabeza y mirar hacia otro lado, hacia esa zona de la realidad donde habitan y se desgañitan y explotan los pájaros sin alas y los cerditos verdes. Quedarse con la abstracción y blanquear de la mente los detalles, atenerse a los términos legales del dictamen, más fríos, menos punzantes, y escudarse tras ellos: secuestro, tortura, abuso carnal, muerte por asfixia mecánica mixta, por sofocación y estrangulamiento.

Sólo la voz del director de Medicina Legal suena compasiva.

—Pensar en lo vivido por la niña es desgarrador —dice—. La severidad del daño es algo que queda por fuera de lo que el ser humano está dispuesto a percibir. Mucha violencia, mucha, se ejerció sobre su cuerpo..., un cuerpito que no pesa nada.

El rompecabezas del horror se atomiza, se me escapa, sus piezas sueltas cortan como vidrio, son veneno, no logro que concuerden, que conformen un todo.

Necesito una pausa de silencio, que me permita decantar la abrumadora cascada de la infamia.

Ni siquiera sé por dónde empezar. Tal vez deba asirme de lo concreto, algo tangible que me oriente y me saque de la nebulosa. Un zapato, por ejemplo: eso es *algo*. Un zapato blanco, de niña, con trabilla y dos centímetros de tacón. Eso es tangible y visible, eso existe. Un zapato: una evidencia. Encontraron la Mitsubishi del Muñeco, abandonada por la zona industrial de Puente Aranda. Y en la camioneta encontraron el zapato de la Niña.

Algo diabólico sucede con los zapatos. Todos los zapatos parecen embrujados. Su vocación macabra es quedar siempre ahí después de una tragedia. ¿Qué quieren los zapatos, dar testimonio? ¿Se empeñan en contar su propia historia? En todo accidente o atentado, las víctimas pierden los zapatos. Basta con mirar fotografías de una inundación, de una estampida, de un temblor: la gente sale corriendo y deja atrás los zapatos. Así también esta vez: la Policía encontró uno de los zapatos blancos de la Niña en el asiento trasero de la Mitsubishi 4×4 de color Rally Red. Ya han averiguado que esa camioneta pertenece al Muñeco, y lo andan buscando como a aguja en un pajar. A él no lo encuentran, sólo su camioneta. Ni rastro de pasajeros; adentro sólo el zapato blanco.

Un momento. Paro aquí, necesito respirar para poder seguir adelante. ¿Será posible adivinar qué está pensando un hombre que arrastra a una niña tan pequeña a un apartamento vacío? ¿Qué busca, por qué lo hace? Otro hombre que no fuera éste, uno amable, uno bueno y bien intencionado, un hombre que a nadie lastime, se habría dado cuenta de que la niña va medio descalza. Te falta un zapato, nena, tal vez se te cayó en el carro, o en el garaje, volvamos atrás, vamos a buscarlo. Eso habría dicho un hombre bueno. Pero no Dolly-boy.

Según quedó registrado por las cámaras de seguridad, en cierto momento él abandonó el edificio donde tenía a la niña para dirigirse a pie a otro, cercano, donde se duchó y se cambió de ropa. De allí salió al rato *como nuevo* para regresar al primero. Algún reportero le pide el testimonio a la dueña de un mercadito vecino, que lo vio salir.

—Por aquí bajó perfumado, con sus gafas de sol —dice la señora.

En ese video puede verse cómo el Muñeco baja la calle con paso elástico de escolar, con mochila al hombro y chateando en su celular. Se nota que se mantiene en forma; no por nada juega al fútbol desde niño. Un observador que no tuviera idea del crimen que ese hombre acababa de cometer hubiera podido pensar que iba camino precisamente a la cancha, a echarse un partido, como acostumbra a hacer los fines de semana con nosotros, los Tuttis.

No hace falta conocer al Muñeco para darse cuenta que debía confiar en que bastaría un poco de suerte para que sus actos no tuvieran consecuencias. Su familia es influyente, el dinero todo lo puede y al fin de cuentas la víctima es apenas una niña anónima, invisible.

Pero te equivocaste feo, amigo Muñeco, se te fueron las luces si llegaste a pensar que podrías enterrar este mal capítulo, como si se tratara apenas de delirio por droga, arranque de locura juvenil, otra de tus trapisondas. Se te fue horriblemente la mano.

Fue tal su desparpajo a la hora de actuar que ni siquiera se ocupó de eludir las cámaras de seguridad. En ciento siete videos su imagen fue quedando registrada a lo largo de esa jornada: ciento siete testimonios directos. Tampoco contó Muñeco con que los familiares y vecinos de la niña iban a poner el grito en el cielo. Con nosotros se equivocan —le escuché decir a la tía de la niña—, para nosotros los hijos son sagrados.

La Niña era sagrada y tú la profanaste. Te equivocaste, Muñeco.

Toda la perversidad y todo el dolor quedaron impresos, o escritos, en el cuerpo de ella; será por eso que intentar ahora mencionarlos, ponerlos en palabras, parece algo tan vulgar, tan rudo, una intromisión imperdonable. Una ofensa, una blasfemia. Los noticieros, que tienen en su poder videos captados por las cámaras de seguridad, los pasan al aire borroneando la imagen de la niña. *Por respeto a una menor,* dicen, *por consideración con su familia.* No les falta razón. ¿Pero se vale darle vueltas y más vueltas a la historia rodeando de eufemismos y silencios la secuencia de la violación, la tortura y la muerte, *por respeto a la menor, por consideración con la sensibilidad de su familia*? ¿O por consideración más bien con la sensibilidad del público, o con la propia?

¿Protegernos de lo atroz a expensas de la niña? ¿Que ella sola sepa la minucia del horror, que guarde para sí los secretos de su martirio? No. Ella no va a permitirlo; ha sabido dejar testimonio y denuncia. Su cuerpo está inerte pero no mudo: da cuenta.

El dictamen legal suena y resuena, se aleja y regresa como un estribillo funesto: tortura, abuso sexual y muerte por asfixia. Pero ésos son términos doctos que la niña desconoce. Ni siquiera le habrá sido familiar el nombre de su verdugo. Su cuerpo de nena de siete años —lienzo vivo, paño de la Verónica— habla en cambio de mordiscos en la cara y en el cuello, golpes, moretones en la espalda, arañazos, intimidad rasgada y penetrada, anatomía quebrantada. Habla de la saliva y el semen de su agresor, y de las huellas de unas manos que oprimieron su pecho y su garganta. Y aquí me callo.

Quién soy yo para mencionar esto, con qué atrevimiento, con cuáles palabras. Yo, Hobbo el cobarde, Hobbit el ausente, Job el resignado; yo, que prefiero refugiarme en Angry Birds, con tal de adormecer los ecos de la memoria.

Ya no existe la niña. La Niña-niña: ya no existe. Y en cambio su zapato permanece, preservado en una bolsa de plástico, al lado de otras pruebas incriminatorias y dando fe de la paradoja borgiana: naturaleza perecedera la nuestra y eternidad de nuestros objetos, que seguirán ahí y *no sabrán nunca que nos hemos ido.*

5. El Píldora (alias Pildo, Piluli, Pilulo, Dora, Dorila, Gorila)

El Píldora es un tipo normal. Y un tipo normal, dice Gabriel Tarde, *es el grado cero de monstruosidad.*

En la escala del cero al diez, el innombrable Muñeco —nuestro Ser Horrendo, el Tutti del Mal— corona con un diez. Bueno, con un nueve, digamos: un nueve para el Muñeco. Vamos a dejar el diez como espacio abierto, o variante abstracta, por si llegara a darse el caso de que apareciera alguien peor que él.

Al Duque, a Tarabeo y a mí nos cabe el escaso honor de andar unos cuantos pasos detrás, oscilando entre un grado seis y un grado siete de monstruosidad.

El Píldora, en cambio, viene siendo grado cero. Con excepción de alguna excentricidad sofisticadona, y salvo su excesivo afán por agradar y complacer, el Pildo es un pisco bastante normal. Ojo, no he dicho perfecto, sólo dije normal.

Será por eso que cuando el *Für Elise* del celular me anuncia llamada y veo que es él, no dudo un segundo en contestarle. Me atormenta la estrofa de un cierto verso. Conozco el poema, reconozco esas líneas, sé bien a quién se las he escuchado a lo largo de los años.

Píldora.

Píldora recita ese poema. Por eso no dudo en contestar, cuando veo que quien llama es él.

—Castillo de los Caballeros, en media hora —dice Píldora y enseguida cuelga.

¿Es realmente el Pildo? ¿Mi amigo de infancia, Piluli? ¿Píldora, Dora, Dorila? Esa voz como de espía o de infiltrado ¿es realmente su voz? Es. Pero suena impostada y hasta risible, a lo Peter Sellers en *La Pantera Rosa*.

¿El bueno del Pildo hablándome en clave? Socorro, SOS, conspiración de Julian Assange y los bolcheviques rusos. El Castillo de los Caballeros. Tanto el Pildo como yo, y cualquier Tutti que se respete, sabemos que se trata del famoso patio aquel de los bancos arrumados, donde jugábamos espaditas en tiempos de la primaria. ¿Allá quiere verme el hombre? ¿A esta desdichada hora?

No soy ningún cultor de la puntualidad, de hecho ni siquiera uso reloj, llego tarde a toda cita y me rijo por una idea vaga de la posición del sol en las alturas, y para eso no ayuda este apartamento interior del que no salgo casi nunca y donde entra desde temprano *una lúgubre luz de pozo,* halo mortecino del triste patio.

¿Salir a ver al Pildo en la noche profunda, cuando los monicongos andan sueltos y buscan sangre? No me veo en éstas, francamente, y menos con el frío en el cuerpo y la cabeza recalentada. Y sin embargo. Si el Pildo llama, será por algo. Me calzo el jean sobre la piyama y me parapeto entre la ruana y el gorro peludito aquel, el que mi hermana Eugenia me hizo comprar en un invierno de NY. Por segunda vez en mi vida encarno al misterioso hombre de los mitones y me lanzo a la calle en misión desconocida.

Según el celular, el Pildo llamó a la una y media. Y solicitó media hora de plazo; quiere decir que a las dos de la madrugada tendré que colarme subrepticiamente en los predios del Liceo Quevedo, que a esa hora estarán cerrados y vigilados por los perros de los celadores. No es la primera vez, en todo caso; durante años hemos celebrado allí actividades clandestinas a la luz de la pálida luna, desde fumatas de marihuana, sesiones de espiritismo y fallidas conspiraciones armadas hasta tenidas masónicas y deplorables recitales poéticos. Los celadores nos conocen y no dicen nada, y sus fieros mastines son nuestros cómplices.

Aquí voy, tanto tiempo después, a la cita aciaga. Soy figura solitaria por las calles desoladas. El Liceo Quevedo. Constato que en su tapia sigue abierto el eterno agujero tipo madriguera, bien camuflado entre el apretado seto de pinos negros que colindan por el norte con el pasaje peatonal. Me tiro panza al suelo y repto como un gusano. La maniobra se me dificulta: el terreno está embarrado y no soy tan ágil ni tan esbelto como antes. Aun así, ya estoy adentro. El viejo colegio me acoge como a un hijo pródigo.

Llego al Castillo de los Caballeros y no hay nadie. Ni rastros del Pildo. Hace mucho que allí no hay castillo, y ni siquiera bancos. Salvo la noche y su latido: nada.

Cuando ya estoy por pensar que la cita es fallida y que mejor aprovecho para devolverme, echarme al sofá y sumirme en Angry Birds, sale de la niebla el Píldora, tan macilento y fantasmagórico que ni el padre de Hamlet.

—Mierda, hermano —me quejo—, qué susto me pegó.

Viene helado y quebradizo, como la escarcha. Esquivo a medias el abrazo que él se lanza a darme, y alcanzo a notar los kilos que debe haber perdido desde la última vez; está como desinflado, el osito de peluche.

—No sabe lo que hice, hermano —me dice, y yo me erizo porque intuyo que se viene una confesión, la terrorífica confesión que nunca hubiera querido escuchar—. No sabe, hermano, no sabe lo que hice.

Pero sí sé. Sé lo que ya sé, y tiemblo de pensar que el Pildo me lo va a confirmar. El Pildo no, por favor —rezo en mis adentros—, él no, de todos nosotros, parranda de hienas, el Píldora es el único que no. Sálvalo de ésta, le ruego a alguna divinidad, sálvalo a él, que es el único normal. El Píldora no, por favor.

Pero el Píldora sí: lo veo venir. Tutti Frutti al fin y al cabo también él, y todos los Tutti estamos fottuti y nos merecemos nuestra puta suerte.

—Enterré a la niña en el agua —me dice.

—No se estila, mi rey, se en-tierra en tierra o se en-agua en agua, pero no se entierra en agua —yo reacciono lingüísticamente, según mi modo evasivo y cobarde de ser.

Que la Niña-niña apareció desnuda y muerta en la piscina de la finca del Duque, recubierta de aceite, envuelta en sábanas y rodeada de cirios y de flores, en un ritual que algunos han tildado de satánico y otros, de demencial. Ya lo sé, claro que lo sé, lo sabe toda la ciudad, ése es el último dolor y el nuevo escándalo, pululan en la red fotos estremecedoras de la mínima Ofelia flotando en el agua, fosforescente anémona marina en su nube de humo o de telas blancas.

La Niña en el agua, a la luz de una estrella lejana. La bruma la vuelve azul. La ninfa del bosque, la pequeña de las lágrimas.

El detalle del aceite produce espanto y perplejidad: pone a la ciudad a discutir. Será un gesto blasfemo o sagrado, eso de ungir el cuerpo con santos óleos, o habrá sido *con bálsamo de gran precio en vaso de alabastro,* como reza el Evangelio de Marcos.

La prensa, las autoridades, medio mundo asegura que ha sido el propio Muñeco quien orquestó ese sepelio desquiciado, como parte de su arrebato sexual y criminal.

Y sin embargo, yo sé desde el principio que eso no puede ser. No, definitivamente no, algo no cuadra ahí, algo que mi cabeza no logra compaginar. La rudeza inmisericorde del Muñeco, su brutal impaciencia, su apetito salvaje ¿podían ocuparse luego de cirios y guirnaldas y tomarse el tiempo y el trabajo necesarios para tejer coronas con ramas y flores? No. La mano que mata y la mano que entierra. La mano que lastima y la que busca resarcir, lavar, bautizar. ¿Son la misma mano? *¿No sepa tu mano izquierda lo que haces con tu derecha?* Algo no va. Ahí hay algo más. Una tercera mano aparece en escena.

—Yo lo supe desde el principio, Pildo. Desde el principio supe que eso lo había hecho usté —le digo a media voz—. *No llores por la niña, que yace dormida.* ¿Le suena? Se lo pusieron a ella como epitafio.

Pero no lo grabaron en piedra, como debe ser; lo garrapatearon a mano alzada, con marcador sobre un trozo de cartón. Lo descubrí ampliando las fotos que fueron apareciendo. *Weep not for the maid, she lies asleep.*

—¿Reconoce eso, Pildo?

¿No es acaso la estrofa de un poema de Mad Blake, uno que yo le he escuchado recitar a él? Ahí mismo lo supe: esa frase llevaba la impronta del Píldora. Como quien dice la firma de su puño y letra; su adiós a la Niña; su dedicatoria.

Ni hablar de las flores, los cirios, toda la parafernalia acuática. Eso tan sólo el Pilulo; sólo a él podían ocurrírsele delicadezas tan tétricas.

Niña-niña sepultada en el agua, ya sin horror ni dolor. Adornada con flores, la niña desflorada. Envuelta en tules de novia, ¿de espuma, de niebla? Quienquiera que haya velado a esta pequeña Ofelia, quien la haya amortajado en velos y rodeado de velas ¿sabe que velar viene de velos, de velas? Qué forense explica esto, qué etnólogo, cuál sacerdote. No pusieron cruces, ni iconos sagrados; el oficiante de este ritual no cree en Dios, sólo en Shakespeare.

El autor tenía que ser Piluli. Quién más.

La imagen, que en la red se volvió viral, fue captada con celulares por los espontáneos que encontraron el cuerpo.

—Los muertos de la noche aparecen en la madrugada —dice el Pildo.

Mínima Ofelia empantanada en el trópico. La *dulce niña pálida* de José Asunción convertida en materia lúcida y flotante, pura imagen. Su pelo, largo y suelto: un manojo de pólipos y tentáculos. Cuerpo liviano envuelto en membrana de vidrio líquido, ¿placenta, o campana transparente y retráctil? O telas blancas. Apenas unas sábanas, o unos plásticos.

La luz de la madrugada no llega a verla; al día siguiente ya está ella en Medicina Legal, en manos de un equipo forense y sometida a escrutinio bajo el chorro fluorescente que baña la mesa de autopsias.

En la negrura del Liceo Quevedo, envueltos en frío y compartiendo ruana, más solos que las sombras largas del poeta suicida, con la presencia maciza de los cerros al fondo, reteñidos como en tinta china contra un cielo escurridizo. Y más cerca de nosotros la torre del campanario, tan silenciosa a esta hora.

—Qué dirán las campanas cuando están calladas —le pregunto al Pildo.

Me cae encima una oleada de tristeza profundísima, una melancolía fuera de control, y arranco a atosigar al Pildo con recuerdos de infancia.

—¿Se acuerda, chino Pilulo, cuando una pareja de cigüeñas, monógamas ellas, hicieron nido en nuestro campanario?

—Qué pena con usté, chino Hobbit, pero no. Eso por aquí no. Cigüeñas sólo en Bruselas, allá con la Unión Europea.

Conversamos, él y yo. Hablamos del Muñeco con retortijones de estómago al saberlo libre, allá lejos y a salvo, en el extranjero seguramente, en un clima acogedor y viendo *Friends* por la tele, si es cierto que alcanzó a volarse antes de que la ciudad se volcara a las calles a exigir su cabeza. Y sí, nos hierve la sangre de rabia y de indignación, al Pildo y a mí, a pesar de haber sido su parche y sus cómplices.

—Antes lo ayudamos y ahora lo maldecimos —le digo al Pildo—, eso no tiene sindéresis.

—Nada tiene sindéresis —me responde.

Impune por ahora, el Muñeco, pero no tan inmune, porque tiene a medio mundo pisándole los talones. Qué estará pensando en este mismísimo y preciso instante, nos preguntamos yo y el Pildo,

¿tendrá noción de lo que hizo? ¿Lo recordará en agonía, o más bien con suma indiferencia?

—Dirá que en algo tuvo que equivocarse.

Se dirá en sus adentros: por algún lado me fallaron los cálculos. Porque al fin de cuentas qué fue lo que hice, yo, Muñeco, Chucky, el encantador Dollyboy, si yo no hice nada, o al menos no tanto. Porque al fin y al cabo quién era esa niña. No era nadie, alguien invisible, casi inexistente. ¿Desapareció? Pues sí, como por arte de birlibirloque. A qué tanto escándalo, qué importancia tiene, dónde estuvo el error, si una niña no es nada y menos si es pobre, una niña pobre no es nadie, no existe. Cuántas como ella no se esfuman a diario por esos arrabales del buen Dios, sin que la ciudad entre en histerias, ni se conmueva, ni siquiera se entere. Cuántas. Esa niña: una más. Y sin embargo, esta vez... Ya pasará, se me fue la mano y ya está, pensamos el Pildo y yo que debe estar pensando Muñeco, allá estirado en un sofá blanco. Si es que acaso piensa y si un escalofrío no le recorre la espalda, o una reflexión a la altura de su escasa psique, algo así como: se me fue berracamente la mano, por poco me pillan y me hacen picadillo, ah, carajo, se me fue la mano, cómo me escaché esta vez.

—Yo me hundí con ella, Hobbit —me dice el Pildo—, me hundí con esa chiquita.

—¿Usté también se metió en el agua? ¿Con el cadáver?

—No, hermano, en el agua no. Mi vida se hundió con ella. Esto no tiene vuelta atrás, chino Hobbo, ¿me entiende? De allá no me saca nadie.

—¡Ay, Píldora! Ay, Dora, Dorila, hermanito, sólo a usté se le ocurren macabrerías tan mañé. Qué se

174

imaginó, Pildorita. ¿Soñó que estaba sepultando a Ofelia en un lecho acuático, coronada de rosas? No me joda, Pildo, para qué hizo semejante cosa, qué desastre, pelao, se lo digo en serio, qué barrabasada. ¡Y para colmo en la finca del Duque! No, mano, qué desgracia. Quemado el Duque y de paso Malicia. Con razón, ahora entiendo por qué ella no aparece. Ya decía yo que eso era hasta raro. Debe andar pagando escondedero a peso, la loca esa, o agazapada con su novio el Duque debajo de alguna cama. O usté cree que les hizo el gran favor, dejándoles el cuerpo precisamente ahí, en su finca de Atolaima.

—¿El favor? No, no les hice el favor. Más bien al contrario. A veces hasta yo me canso de hacer favores, chino Hobbo, y más cuando todos me voltean la espalda.

—Es que usté ni siquiera la enterró, chino Pildo. Ah, pelao tan bruto, usté sí es un caso, en vez de esconderla la puso bien expuesta, flotando en la piscina como una sirena varada. Duque y Malicia deben tener a la Policía encima, Pildo, ¿no pensó en eso? Los tiró a la jura, no seamos tan pendejos, los echó a las fieras. Cómo será ese Dux pasando billete por debajo de cuerda para acallar conciencias y comprar autoridades.

—Si es que no anda muy lejos.

—Y qué cree que está diciendo Alicia de semejante escrache.

—¿Alicia? Alicia no está diciendo nada, Hobbo, estará viendo cómo sacan el cadáver del agua con un gancho, y cómo se crece el runrún en los noticieros, y cómo cada día que pasa todo es más cruel, todavía más cruel, por vulgar y por prosaico. ¿Sabe dónde la dejé, Hobbo? ¿Sabe dónde dejé a la niña? *Donde crece un sauce a orillas de un arroyo que repite en ondas cristalinas las hojas pálidas. Allí, entre guirnaldas. Coronada de ortigas, margaritas y flores moradas, de las que llaman dedos de muerto.*

—Pare, Píldora, alto ahí. No me venga con Hamlet a estas horas.

El Pildo en semejante drama y a mí me va agarrando un como sueñito, será de puro espanto, una especie de sopor que me cierra los párpados. Por oleadas se me nubla la cabeza y la voz de mi amigo me llega desde la distancia.

—¡Despierte, Hobbo! —el codazo del Pildo se hunde en mis costillas—. ¿Es que no me oye? En qué está pensando, o ya se fue al nirvana. No me diga que piensa en Alicia. ¿Usté sigue soñando con ella, con su tal Malicia? Desengáñese, Hobbo, no sea tan huevón, en este preciso momento su Malicia estará cantando una canción que se sabe en italiano, una que pregunta *che lingua parla il agnello che oggi morirà.*

No pienso en ella ni pienso en nada, hay cosas que van más allá de lo soportable y la razón se anestesia. El Pildo sigue anclado en el cuarto acto, séptima escena de *Hamlet, las ropas huecas y extendidas la llevaban cual sirena sobre las aguas,* y en medio de este sopor que me arrastra, es la voz dolida del viejo Shakespeare la que me llega, *y en tanto ella iba cantando tonadas antiguas, como ignorante de su desgracia, o como…*

—¡San se acabó! —le pongo fin al trance y me paro, como con resortes—. Escúcheme, Píldora, si no se calla nos van a oír, o qué se creyó, ¿no ve que estamos llevados de la que nos trajo? Y deje de recitar vainas, Pildo, hable en castellano. William Blake,

William Shakespeare, de dónde saca usté tanta erudición británica, usté que no nació en London sino en La Candelaria. Aterrice, Píldora, que no lo bautizaron en Westminster Cathedral sino en la iglesia del Carmen, ahí cerquita a su casa. Sí, ya sé, usté me va a decir que yo escupo citas literarias a la lata, me la paso en ésas, lo reconozco, escupo y escupo como si fuera tísico. Pero lo suyo ya es crítico, bro, con esto del entierro literario se le fue la mano berracamente, y encima le suena falso, como desafinado, ¿sí ve? Como prefabricado.

Y al mismo tiempo no. Un buen poco sentido tuvo el Piluli al hacer lo que hizo; más bien bastante. ¿Esconder a la niña muerta? No. Él no iba a caer en esa bajeza. Él no iba a hacerla desaparecer ocultándola bajo tierra o hundiéndola como No Name bajo el cemento, según la fórmula pulcra y sensata que consideraba el Dux. No. El Pildo no. Al contrario, él quiso *mostrarla,* ¿se entiende? Hacerla por fin visible. Quiso al menos honrarla con ese misérrimo homenaje final, ese insuficiente y abatido acto de reparación. *A broken hallelujah,* diría Cohen. Ése es el Pildo, el más normal de todos nosotros: el único que dentro del cuerpo lleva un alma.

Empieza a soplar un frío asesino. La noche se ensaña contra nosotros y el Piluli y yo, sentados en un tronco, nos acercamos el uno al otro como para no morir, o habrá que decir más bien: para acompañarnos en la muerte.

—Quítese ese gorro, Hobbo, se ve ridículo.

—No puedo, chino, se me congelan las orejas.

—Allá quedó la niña, Hobbo, allá la dejé solita. Yo, que le había prometido acompañarla hasta el fin.

Ese silencio hacía demasiado ruido, se lo juro, yo no pude soportar esa vaina. Ella no pesaba nada, hermano, era frágil como un pajarito. Yo me quiero morir, chino Hobbit, entiéndame, hay cosas que no puedes vivirlas y seguir vivo.

Amargamente se queja el Pildo, pero no acaba de convencerme. Tampoco me convenzo yo a mí mismo. Nuestro dolor es ajeno: se lo hemos robado a la niña. Ella absorbe todo el sufrimiento, todos los pesares del mundo están en ella. Esto no se trata de nosotros, no vengamos a hacernos los mártires.

—¿Sabe qué somos? —Pildo me lee el pensamiento—. Nosotros somos los asesinos.

—Tampoco exageremos. Asesino, el Muñeco; nosotros apenas compinches.

—Usté, yo, Tarabeo, el Duque, todos los Tuttis un atado de canallas, reconózcalo.

—De acuerdo, mijo, pero por Dios no grite. ¿Usté está borracho, Pildo? O se volvió loco.

—Locos todos. Locos y enfermos. Esto acabó con nosotros, Hobbo. Aquí se rompe nuestra historia y truena nuestra amistad. Aquí se acaban los Tutti Frutti, éste es nuestro entierro.

—Escúcheme, chino Pildo, espéreme acá, no se mueva, no grite, no nada, yo me paso volando por la droguería Ultramar, la de acá al lado. Está abierta 24/7. Le traigo algo que lo calme, Valium, Sinogan, Tranquilín, algo que desenloque, mano, dígame qué, usté es el emperador del fármaco.

Así como suena: el emperador del fármaco, textualmente. Pildo, abreviatura de Píldora, se ganó su apodo durante los años temerarios de la adolescencia, al convertirse en nuestro proveedor de droga sin-

178

tética. Bolsillados de anfetaminas, antialérgicos y antibióticos que él nos daba gratiniano, sólo por hacernos el favor. Su berraquita mamá, mujer de armas tomar, quedó viuda y se hizo cargo de la farmacia y perfumería que le dejara el difunto en el centro de la vieja Santafé de Bogotá, y no sólo sacó el negocio adelante, sino que lo fue consolidando como empresa farmacéutica mediana, misma que ahora va manejando con buen criterio el propio Pildo, convertido en entrepreneur.

De los catorce años a los dieciséis, cuando nada nos calmaba salvo el clamor de las macrodiscos y la euforia de la música electrónica, el Pildo contrabandeaba del negocio de su mami los fármacos que tragábamos a manotadas para echar a volar: más simpáticos que nunca, locuaces como loros, entradores con las nenas, tolerantes con el género humano, orgullosos de nosotros mismos, alucinados. Quizá el Pildo por mérito propio nunca habría podido ganarse la admiración de unos huesos tan duros como eran Tarabeo, Muñeco y el Dux. Nada en él los deslumbraba a ellos, ni su pinta, ni su plata, ni su cachaca trayectoria familiar.

Los demás éramos hijos del norte, aunque Muñeco, Dux y Tarabeo de un norte más finolis que el mío. Sin embargo, ahí iba yo, y sigo yendo, como quien dice de su mismo lado, aunque agarrado de las pestañas. En cambio, la familia del Pildo pertenece al desacreditado centro de la ciudad. Es un clan tradicional con zaguán en La Candelaria, de esos que se juntan a la tardecita a tomar chocolate con pandeyuca y quesillo, y entre ellos hablan en prehistórico, diciendo flux en vez de traje, chagualos por zapatos y chambergo por sombrero. Un bisabuelo suyo había sido de esos generales a lo Aureliano Buendía, que en las guerras civiles pelearon cien batallas y las perdieron todas, y una de sus abuelas había escapado ilesa de los incendios del 9 de Abril. Por eso el Pildo sabía y contaba historias que a nosotros nos sonaban a leyenda y no nos interesaban.

Familia rezandera, la del Pildo: dada a asistir a misa de gallo en las Navidades y a cargar la parihuela del santo en las procesiones de Semana Santa. ¿De ahí habrá sacado el Pildo la maña? ¿Lleva la propensión litúrgica en la sangre?

Pese a su formación anacrónica, el man encontró la manerita de hacer que los Tuttis comiéramos en la palma de su mano. ¿El secreto? Sedantes, somníferos, uppers, anfetas y downers, todo mezclado y revuelto en un cóctel adictivo, contradictorio y contraindicado.

Y así fue como el Pildo, hasta entonces claramente underdog, llegó a convertirse en figura, actuando para nosotros como rey del estalle y puerta de ingreso al mundo del clubbing. Valga decir que él mismo nunca consumió su propia mercancía: el hombre sería obsecuente, pero no bobo. Más adelante, cuando le subimos nivel a la adicción, él se las arregló para surtirnos de verdadero éxtasis del comercial, pastillitas azules con un trébol estampado, rojas con una estrella, verdes con mariposita, lilas con un corazón. Pero lo que sube como palma cae como coco, y después de seis o más horas de ascenso al cielo, quedábamos sumidos en una laguna de insomnio, taquicardia, confusiones y sensación de pánico. También en la fase del bajonazo el Pildo se proyectaba como nuestro redentor, pronto a atendernos con curativos y desenguayabantes como el ginseng, el 5-HTP y el After D.

Sumiso, el bueno del Pildo. Siempre, ¿o casi?

Convertirse en chupamedias o lambeculos fue su recurso para sobrevivir a la arrogancia imbatible y el aura divina del Duque, el Muñeco y Tarabeo. Yo me protegía de ellos haciéndome el loco y el excéntrico; el Pildo los neutralizaba mediante la adulación y el agache, como marranito de confianza.

Falta un detalle. Escondido en el alma del Píldora hay un elemento adicional que constituye su fortaleza. Los otros no se percatan, pero yo sí. Yo me tengo muy calado al Pildo en ese sentido. Así viene la mano, o así la percibo: los otros cuatro nos agarramos como lapas a la vida, y en cambio el Pildo renunció a ese fanatismo desde hace tiempo. El Pildo..., a ver cómo lo digo, el Pildo lleva por dentro la sombra de algo, o si se quiere, la luz de una amable disposición a morir. Así es ahora y así era en ese entonces.

Para él las pastillas que le robaba a la madre significaban otra cosa. También él las atesoraba; esas pastillitas rojas y amarillas, violetas, lilas y azuladas eran objeto de su devoción. Pero no las quería para consumirlas, como hacíamos los demás en maratones nocturnas de reguetón. No. Él las reservaba para una noche más oscura. Más final.

Para mí, el Píldora se convirtió en persona digna de tener en cuenta el día en que supe que llevaba pintado un corazón en la camiseta. Era la nota discordante, pero sofisticada, de su monótona normalidad: un corazón dibujado sobre el corazón. Formidable ritual inaugurado por Silva, el ídolo absoluto del Pildo: José Asunción Silva, dandi y barbilindo, cachaco y candelario, como el Pildo.

Dice Fernando Vallejo que el joven José Asunción, pese a haber escrito tres o cuatro poemas que valían la pena, andaba molido y jodido y llegando prematuramente al final, quebrado en los negocios, muerta su adorada hermana Elvira, fracasado como diplomático, perdidos sus escritos en un naufragio. Dice Vallejo que *Silva había entrevisto que la vida, esto, no va para ninguna parte,* de ahí que con días de anticipación hubiera ido a consultar a su médico de cabecera, y mintiéndole sobre taquicardias que en realidad no padecía, había hecho que el buen hombre le pintara en la camiseta una marca sobre el corazón, justo en el lugar donde más adelante, en la madrugada de un domingo aguachento, se pegaría el tiro que lo dejaría tostado.

Nuestro Píldora era cultor de esa religión, la de los autollamados silvistas, o sibaritas, seres a mi entender superiores, grupúsculo selecto de enamorados de la muerte que cenaban juntos una vez por semana en los restaurantes de la Zona G, y que se atrevían a llevar marcada bajo la camisa la ubicación exacta del corazón.

Sobre el Pildo me conozco detalles que al resto de los Tuttis se le escapan, por ejemplo éste: si es adicto al té y desdeña el café, es por copiarle a José Asunción esa maña anglófila, tan rebuscadona en un país cafetero como el nuestro. Al igual que el poeta, el Pildo prefiere el Earl Grey con toque de bergamota, nube de leche y nada de azúcar. Porque cómo negarlo, el Pildo derrocha afectaciones victorianas: bergamotas, nubes de leche, poemas en Old

English y tal. Pero a los otros Tuttis esos primores les parecen arcaicos y les valen huevo.

Ojo con esto: el Pilulo practica secretamente la semicastidad. O sea: no se le conoce una propensión al sexo muy marcada. Y tampoco a Silva, que vivió sediento de amor por su hermana, incestus interruptus o jamás consumado que acaparó todo su ímpetu varonil. Y así también el Pildo no ha sido hombre excesivo en damas. Se casó, sí, pero hace rato, cuando no llegaba a los veinte y su novia ni siquiera eso, y para colmo preñada. Perdieron el retoño o lo abortaron, se separaron casi enseguida y sospecho que al Pildo se le rompió el corazón, no el que lleva pintado, sino el de verdad.

Será por eso que desde entonces vive en la antigua calle de las Culebras con un reguero de familiares, entre ellos su madre y dos de sus tías, trinidad que lo adoptó como único tesoro y que lo ha ido engordando poquito a poco, lento pero seguro, a punta de clásicos santafereños como el cuchuco con espinazo, el tamal de gallina, el postre de natas, la bandeja maromera y la fritanga.

—No se vaya, Hobbo —me retiene Piluli en esta noche oscura del Liceo Quevedo; no quiere que le traiga tranquilizantes de la droguería Ultramar—. Lo mío no son nervios, hermano, no es eso. Quédese acá conmigo, se lo pido por favor. No es juma ni es locura, créame. Es que tuve que pasar por algo sobrehumano, bro, se lo juro. Esa chiquita, Hobbo, ¿se da cuenta? La muerte de esa peladita toda destrozada. Yo la sostuve en mis brazos, ¿entiende lo que significa? Por eso estoy reventado. ¿Sí me capta?

Se oye pasar un carro por la calle que bordea el costado sur del campus. La luz de sus faros ilumina por un instante la cara del Píldora, y en sus facciones veo impreso un camino de no retorno. Trae ojos inexpresivos de conejo muerto, como diría A. Álvarez: ojos que miran más allá de la esperanza o la desesperación.

No deja de ser monstruosa toda esta retórica de Ofelia, ¿sacarse poesía de la manga para dorar algo tan turbio, una afrenta tan brutal? Una niñita envuelta en sábanas entrapadas en cloro. Todo le salió mal al Pildo, dolorosamente mal.

—No entiendo, Pildo, hermanito, barájemela despacio. Usté no es ningún monster, Piluli, revéleme la verdad, los hechos puros y duros, cómo fue que acabó cargando con el cuerpo de la nena...

—Usté no entiende nada, Hobbit, porque el sábado nunca llegó. Lo buscamos como locos y usté no llegó, usté nunca llega, Hobbo. Tal vez si usté hubiera aparecido, pero no, usté nunca está ahí para ayudar.

Entre hipos y reclamos, el Pildo me va contando los acontecimientos de ese día: me hace el aterrador relato. Ahí, en la oscuridad, al lado mío y tapándose la cara de vergoña, ahí me confiesa cómo fue.

Por fin, alguien que me facilita el contexto y me permite atar cabos. ¿Cómo se desenvolvieron los hechos durante el día sábado, mientras yo andaba encerrado en mí mismo y en mis propias cosas? Cómo fue esbozado el desastre, quiénes y cuándo trazaron el mapa de la desgracia.

Tras estas horas de angustia ciega y de andar dándome contra los límites, como pájaro enjaulado, ahora empiezo a comprender algo, aunque ese *algo* sea tan atroz que comprenderlo signifique quedar de nuevo anonadado.

Según Pildo, el detonante se produjo antes del mediodía, a raíz de un problema equis que a la mañana temprano se le había presentado al Muñeco. Algo había hecho, en algún embrollo se había metido, y llamó a Tarabeo pidiendo auxilio. Fue la única llamada que hizo cuando se sintió acorralado.

No era la primera vez que algo así sucedía; era apenas de rutina que las fiestas del Chucky terminaran mal. Pero al parecer esta vez el mal había ido a peor. Para empezar, el problema —aún no estaba claro cuál— no había ocurrido durante la noche, cuando los gatos son pardos, se alebrestan los monicongos y el Muñeco se desata. No. Esta vez el embrollo caía hacia las nueve de la mañana, cosa insólita para un Muñeco que solía estar noqueado a esa hora, durmiendo la perra o la pálida de su parranda nocturna.

—Por qué a esa hora —le pregunto yo a Píldora.

—¿Por qué? ¿No sabe por qué? Porque durante la semana las niñas están en la escuela y a la noche en sus casas, pero los sábados a la mañana salen a jugar en la calle. Por eso.

La premeditación le da al horror un sesgo helado. Aunque la llamada del Muñeco era confusa y atolondrada, apenas un balbuceo vago, Tarabeo intuyó que esa vez la mano venía cargada y que no podría lidiar con ello por sí solo. Así que convocó en Il Giardino a los demás mosqueteros, cinco para uno y uno para cinco, todos ahí, incondicionales y firmes, espada en mano, yelmo de Mambrino o bacía de barbero, listos para sacar la cara por las trapisondas del integrante más disoluto del grupachón.

En realidad, cinco menos uno, o sea cuatro. Sólo cuatro Tutti Fruttis porque faltaba yo, que no contesté sus llamadas, no me enteré de nada y por tanto no comparecí. Me perdí de la junta directiva, o comité de emergencia, que tuvo lugar en el café Il Giardino, en una de cuyas mesas se acordaron los pasos de una ignominia que acabaría involucrándonos a todos.

Aunque tampoco fueron cuatro: sólo tres, tres caballeros para desfacer el entuerto, Píldora, Duque y Tarabeo.

—Quisimos saber por qué no estaba ahí el Muñeco —sigue el Pildo—, y Tarabeo nos dijo que andaba bajo de forma, sólo eso. No aclaró más.

—¿Realmente no sabía? —pregunto, incrédulo—. El Táraz ¿no sabía de la niña?

Sabe, claro que sabe, al momento del encuentro en Il Giardino, el Táraz ya está perfectamente al tanto, pero se hace el que no sabe demasiado. Embolata a los demás con versiones aproximativas, contradictorias, mencionando algo relacionado con un accidente durante la noche del viernes o el amanecer del propio sábado; una mujer atropellada por la camioneta de un Muñeco que escapa a toda carrera; o una menor de edad que pasma por sobredosis; o una prostituta que se echa a perder durante una orgía. Algo no del todo inesperado, y sin embargo suficientemente serio como para que Chucky tenga que esconderse por un tiempo. Algo así como que dejó a la víctima tirada y no llamó ambulancia ni avisó a la Policía —sólo era una puta, al fin y al cabo—, algún cagadón típico del Chucky, algo que amerita que los Tuttis lo ayuden a escapar.

—Estuvimos de acuerdo —dice el Pildo—, y esperamos instrucciones de Tarabeo, que organizaba el operativo. A usté, Hobbo, lo necesitaba para borrar el Mac, ésa iba a ser su tarea, pero no lo encontramos.

—Más tarde me encontraron, y algo borré.

—Dijo Tarabeo que era conveniente que Muñeco se volara del país. Alguno de nosotros tenía que acompañarlo al aeropuerto, porque el hombre estaba muy nervioso, muy pasado.

El Duque se comprometió a conseguirle al Muñeco dólares en efectivo, llevarlo a Eldorado, comprarle el boleto y dejarlo prácticamente empacado en el avión.

La tarea del Pildo aún no estaba clara; el Táraz le iría explicando por el camino.

—¿Y usté no indagó, Píldora? ¿No averiguó a qué lo mandaban?

—Ya sabe cómo es la cosa, hermano, donde manda Tarabeo no manda marinero. A él le dejamos el papel de comandante en jefe, total, él mismo ya se lo había adjudicado.

—Para variar.

Se disuelve la sesión con una arenga del Táraz, uno de esos llamados a la fidelidad de amigos por siempre: uno para todos y todos para uno. Y que nadie improvise, pide, que nadie llame a nadie, y menos a él; cada quien cumpliendo con lo suyo por su propia cuenta y riesgo, todo el mundo callado y discreto. Que no panda el cúnico y saldrán bien librados. Y un último énfasis, taxativo: que nadie lo busque; si los necesita, él mismo los llamará.

Quedan de encontrarse de nuevo un poco más tarde. El Pildo y el Táraz toman la circunvalar y suben hasta la torre panorámica del Muñeco, que los espera en su apartamento. Sacan del garaje la camioneta, la famosa Mitsubishi roja 4x4, y Tarabeo dispone que la va a manejar Píldora. El Pildo será el encargado de todo lo relativo a transportes, y por lo pronto debe esperar afuera.

—Como buen chofer.

—No quiso que yo subiera —dice Pildo—, me quedé sin saber cómo estaba aquello, qué había sucedido arriba. A juzgar por la calle vacía, todo parecía tranquilo.

Quince minutos después, ya está abajo Tarabeo. El Muñeco viene detrás, portando una maleta. Se lo ve bastante bien, en todo caso mucho mejor de lo esperado. Lleva gafas negras, morral a la espalda y pinta informal. Informal, pero no descuidada; viene recién bañado y hasta perfumado; al Pildo no le da la impresión de que esté muy inquieto, más bien al contrario.

—La maleta no era grande —me dice.

Una maleta apenas medianita; Píldora da por sentado que se trata del equipaje que el Chucky llevará consigo. El propio Pildo la mete en el compartimento trasero de la camioneta y se fija en lo poco que pesa, bastante menos de los veintitrés kilos reglamentarios para clase turista, además, conociendo al Duque, es probable que opte por pasaje en business, o sea más kilos permitidos por pasajero; en ese sentido van sobrados.

A los pocos minutos llega el Duque, que ya trae en el bolsillo dólares en efectivo y tarjeta de crédito para comprar el pasaje. Lo harán en el mismo aeropuerto, dependiendo del vuelo que salga primero. Tarabeo los despide parcamente, apenas con un *ya saben lo que tienen que hacer.*

—¿Usté no viene con nosotros? —le pregunta el Pildo, en un ramalazo de ansiedad.

No, el Táraz no irá con ellos, no. El Táraz dice que tendrá que atender personalmente otros asuntos, como dejar limpio el apartamento del Muñeco y salir a buscarme a mí, Hobbo, para entregarme el Mac que debo borrar.

Los otros tres se montan en la camioneta, el Pildo al timón, Duque en el asiento del copiloto y el Muñeco atrás. No van demasiado preocupados; creen que la Policía no ha sido informada.

—Frescos, mis reyes —los anima el Muñeco, como si no pasara nada—. Nadie me busca, no nos persigue nadie.

Le pregunto al Pildo qué más le oyó decir al Muñeco durante el trayecto.

—Hablaba mucho —me responde—, pero no recuerdo de qué. De cosas sin importancia. O tal vez sí, tal vez dijo que prefería llegar a Miami, porque en Fort Lauderdale tenía un apartamento familiar, donde podría quedarse mientras el asunto se enfriaba. Quería que pusiéramos música suave, inclusive recuerdo que pidió que buscáramos en la guantera un CD de Alanis Morissette. El Duque revolcó la guantera y dijo que era un asco, de todo había ahí adentro, kleenex y chicles y hasta condones, pero nada de Alanis Morissette. Acabamos poniendo una vaina de Simon & Garfunkel que debía llevar siglos ahí guardada.

El clima se empieza a recalentar cuando Muñeco le discute al Duque sobre el dinero, le parece que no es suficiente, pide un poco más, promete pagar al regreso hasta el último céntimo. Explica que el momento lo agarra con las tarjetas en ceros, como si los otros dos no supieran que el hombre es rey del despilfarro y siempre anda sin blanca, hasta que su hada madrina se compadece y le consigna.

El Dux averigua vuelos en su iPad. Anuncia que ha encontrado uno de American Airlines, Bogotá-Atlanta a las 6:45 de la tarde. Ideal. Permite el timing perfecto.

—¿Ventana o pasillo?

—Ventana.

—Ya no queda ventana.

—Entonces pasillo.

—¿Ida y regreso?

—Sólo ida, mejor vuelvo por Miami.

—Para ir a USA le exigen tiquete de ida y vuelta, o acaso no lo sabe.

—Equis, lo que sea, cómprelo como quiera, da igual.

Desde Atlanta, al Muñeco le quedará fácil pegarse el brinco hasta Miami, ya sin apuros de ninguna especie.

—Todavía no cogíamos la avenida Eldorado —me dice el Pildo— cuando el Duque anunció que todo listo: comprado el pasaje.

Había tiempo suficiente, no tenían necesidad de correr. Muñeco y Dux discutían mientras el Píldora se concentraba en lidiar con el tráfico imposible de Bogotá; trataba de adelantar enhebrando con la camioneta por los espacios abiertos entre las lentas filas de buses y camiones.

—¿Se podrá en su finca, hermano? —le pregunta Muñeco al Duque—. Sería óptimo, me dejan a mí en el aeropuerto y ustedes siguen camino hacia allá.

Y ahí la discusión se enciende de veras. El Duque se niega de plano, en su finca ni por el carajo, que no se hagan ilusiones, que tachen esa opción de la lista de una vez por todas.

El Muñeco insiste, le recuerda al Duque que los amigos deben estar ahí para ayudar, hoy por mí y mañana por ti. Si no quiere que sea en su propiedad, le pide que al menos deje que a través de su finca accedan al río. Asegura que la corriente se la irá llevando; al fin de cuentas no hay río en este país que no arrastre su carga.

El Duque se encabrita y se pone ecológico, ¿contaminar el río con pentametileno diamina? ¿Acaso el Chucky no entiende que en esa agua nos bañamos, con eso regamos las verduras que nos comemos? No, señores, que a él no le vengan con chambonadas, si de todos modos hay que hacer la cosa, entonces habrá que hacerla bien. Bien hecha o nada, sentencia el Dux, que acaba aceptando a regañadientes. Se interesa por la ingeniería de la maniobra. Baraja opciones, habla de cimientos, de la construcción de un depósito que está adelantando arriba en el monte, ahí se podría, tal vez. Lugar poco transitado, aunque quién sabe. El Duque habla de cargas de cemento y canto rodado y al menos dos metros de profundidad. Se queja, duda, protesta, dice: es un asunto muy jodido. El Duque no está convencido, vacila, repite que habría que ver.

—¿Se me está echando para atrás, hermano? —lo presiona el Muñeco.

—No, hermano, yo sigo firme —lo tranquiliza Dux—, yo quiero ayudarle a usté, pero ya le digo, habría que ver. No es nada fácil, quién sabe.

Píldora me asegura que él no prestaba mucha atención a la discutidera entre esos dos; se había desentendido de lo que pasaba en el carro para concentrarse en el tránsito. Partía de un supuesto: lo suyo era manejar, eso le habían indicado, su única tarea era conducir. Los otros se encargarían de lo demás, él a lo suyo y a salir del tute lo más rápido posible. Sería un gran alivio deshacerse del Muñeco depositándolo en Eldorado. Y ya. Ahí podría volver a respirar.

Entre tanto, volumen al *Sound of Silence* y oídos sordos a la garrotera del par de energúmenos que lleva al lado, debatiéndose a los gritos.

Puedo imaginar el descontrol del Duque; no hace falta que el Pildo me lo describa. Duque, el inmaculado, el perfeccionista: de repente enfrentado al horror chapucero del Muñeco, a ese caos rampante, a ese intolerable principio de desintegración.

A Pildo le preocupaba el trancón, cada vez más pesado. Avanzaban a paso de tortuga, se estaban retrasando, no quedaba tan claro que fueran a alcanzar ese vuelo de las 6:45.

—Depositamos a este man en su avión y enseguida nos largamos, cada cual por su lado —le dice Píldora al Duque apenas en un susurro, para que no oiga el de atrás.

El Duque le recuerda que antes de hacerse humo tendrán que pasar por Atolaima.

—¿Atolaima? —pregunta el Pildo—. Para qué Atolaima.

—Ya verá.

Píldora escucha que el Duque llama a Nicasio, el mayordomo, para avisarle que va para allá con amigos, en la Mitsubishi de don Muñeco. Que no se preocupe, le dice, no tendrá que salir a atenderlos, y tampoco las muchachas; que no cocinen nada ni preparen los cuartos. Basta con que dejen el portón sin candado.

—Nicasio es discreto —le dice el Dux al Pildo—, sabe cuándo tiene que desaparecer.

¿Qué era realmente lo que había hecho el Muñeco? Saltaba a la vista que el Duque estaba bastante más enterado que el Píldora; evidentemente Tarabeo había dosificado la información según cada quien.

—Mejor así —me repite el Pildo—, mejor no saber. O al menos pretender no saber.

De repente el Duque se agacha, recoge algo que encuentra a sus pies y lo levanta para preguntarle al Chucky de qué se trata. El Pildo voltea a mirar: lo que el Dux sostiene en la mano es un zapatico blanco.

—Tiren esa joda —ordena el Muñeco—, tírenla ya, por la ventana. ¡Ya!

—Cómo iba yo a parar para deshacernos de eso, zapato o lo que fuera —me dice el Pildo—, si íbamos por plena avenida con carros a lado y lado, y para colmo ya cerca del aeropuerto, en zona supervigilada.

—Que lo tire, Duque —se ofusca el Muñeco—, ¿no ve que eso es de la perjudicada?

—Cómo así, de *la perjudicada* —dice el Dux, soltando el objeto que tiene en la mano como si fuera un bicho a punto de picarlo—. No me joda, Chucky, está muy chiquito ese zapato. A quién *perjudicó* usté, ¿a una muñeca o una enana?

El zapato va a parar bajo el asiento y el Duque se ríe de su propio chiste, una muñeca o una enana, ja, ja, o se ríe más bien de los nervios, o de incredulidad.

Es como si toda la escena, grotescamente realista o demasiado irreal, oscilara entre lo truculento y lo inverosímil.

¿Qué tan bajo habían caído? ¿Qué tan monstruoso era todo esto?

Una enana, o una muñeca. Arde una tercera opción, que devora el silencio con que la acallan. Pero ni el Duque ni el Pildo se atreven a mencionarla: ¿el zapato es de una niña?

De una niña. De una niña pequeña.

Píldora reconoce ante mí que en ese momento se sintió incapaz de protestar. Ni siquiera de pensar. Todo era más tenebroso y más peligroso de lo que hubiera podido imaginar. El corazón le bombeaba tan fuerte, que temió un infarto.

El Duque se había hundido en la silla, asqueado, como si estuviera atrapado en un sucio baño público que fuera a pringarlo. Píldora empezó a manejar fatal, le temblaban tanto las piernas, que su pie derecho no atinaba al freno y más de una vez estuvo a punto de chocar.

Habían callado la tercera palabra, la verdadera, la que quemaba la boca con sólo pronunciarla: una niña. Una niñita tan diminuta como su zapato. La habían negado tres veces, como Pedro a Jesús: una vez el Pildo, luego el Duque, la última el Muñeco. Tres veces.

¿Qué le hizo usté a esa chiquita, Muñeco? Esa pregunta nadie la hizo. Ni el Pildo ni el Duque se atrevieron. No se la hicieron entre ellos mismos, y menos al responsable. No dijeron nada y siguieron camino mientras el zapato se perdía en el fondo, olvidado.

—Tranquilos, mis reyes, que el equipo gana —los animó el Muñeco desde atrás.

Pildo me asegura que en ese momento quiso asesinarlo.

—Lo hubiera hecho —me dice, y suspira.

Las cosas claras y el chocolate espeso: ya para entonces, el Pildo era consciente de que el Muñeco había maltratado a una niña. Cuánto o cómo no lo sabía. No una vieja, ni una puta, ni siquiera una adolescente: una niña. Sin posibles atenuantes. La niña dueña del zapatico blanco. Aun a sabiendas, tanto él como el Duque le ayudaban al Muñeco a escapar.

Al llegar al aeropuerto, Píldora mete la camioneta al parqueadero descubierto y la estaciona en el lugar donde el Duque vendrá a encontrarlo más adelante, tan pronto deposite al Muñeco en el avión. El Muñeco se baja sin despedirse, o si se despide, el Pildo no se da cuenta: tan grande es su desazón, tal es su afán de que el man desaparezca de su vista y de su vida de una vez por todas. No recuerda las palabras que el Muñeco pudo haber pronunciado, pero en cambio retiene en la memoria su imagen, lo que será esa última imagen del Muñeco mientras camina al lado del Duque hacia la terminal, el Duque muy alto y flaco, vestido de oscuro, y a su lado el otro, más bajo y cuadrado, de paso más juvenil, con el morral a la espalda y una colorida camisa extralarge, holgada y estiluda. No lleva abrigo —ha dicho que para qué—, apenas un blazer azul de lino colgado del brazo. ¿Y la maleta?

El Muñeco la ha dejado olvidada en la Mitsubishi. El Pildo cae en cuenta, se baja rápido del carro, la saca del compartimento trasero y va tras ellos.

—¡Oiga! ¡Su maleta! —grita.

—Ahí se la dejo —le responde el Muñeco, sin voltear a mirar—. Sea buena gente, Pildo, encárguese de ella.

Al Píldora se le escapa la sangre del cerebro, como sucede en momentos de súbitas revelaciones. Acaba de sumar dos más dos. Ha juntado por fin las piezas del rompecabezas, y ha comprendido. Entre la maleta que sostiene en la mano, liviana como un suspiro, va la niña asesinada.

—No me diga que usté no sabía —le apunto con el índice—. No se lo puedo creer.

—Créame, Hobbo, por favor. Uno minimiza, ¿sabe? En situaciones así uno engaña a su propia cabeza, quiere hacerle creer que las cosas no son tan graves como parecen.

Al Dux y al Muñeco se los tragan las puertas giratorias y desaparecen en la multitud de la terminal.

En la gris vastedad del parqueadero, el Pildo se queda solo con un cadáver, justo en un punto de la ciudad que hierve de tombos, tiras, espías y soplones, desde la Policía Nacional y la Interpol, hasta la CIA, la DEA y el Mosad.

—El peligro no era lo peor —quiere aclararme—, la cosa era más personal. Cómo le dijera, más personal y más visceral. Entiéndame, hermano, los dos entre ese carro, la niña y yo, yo en mi silla y ella en su maleta, yo más muerto que vivo y ella más viva que muerta. Ahí empecé a hablar con ella, chino Hobbo, ahí empecé y todavía no paro, no he parado de hablarle desde entonces.

Le cuento al Pildo que en un libro testimonial de Sebald, leí acerca de una mujer que durante la guerra lo había perdido todo en la destrucción de su ciudad, y huía en el tren llevando consigo una sola cosa, una maleta que contenía el cuerpo de su hijito muerto en el bombardeo.

El Pildo se echa a llorar. Aunque trato de consolarlo, no para de sollozar; tal vez no he debido contarle eso.

—La nena iba ahí, ¿se da cuenta? —me dice y me repite—: Ahí iba ella, la nenita, en el compartimento trasero, ¿se da cuenta?

El Duque tardaba en volver y el Pildo sudaba frío. Hacía cuentas mirando el reloj: el Muñeco ya tendría que haber pasado a migración, y el Duque ya tendría que estar de vuelta. Pero el Duque se eternizaba, y el Pildo agonizaba. Hasta que por fin.

Por fin lo vio venir.

El Pildo no usa gafas permanentes y no ve bien de lejos; por eso tardó en reconocer a la figura que se acercaba. No era larga y delgada y vestida de oscuro; era más baja, más ancha y vestía camisa escandalosa.

No era el Duque, era el Muñeco.

¡¿El Muñeco?!

Por qué carajo el Muñeco, ¿lo había dejado el avión? Y dónde mierda estaba el Duque...

El Muñeco le da al Pildo una explicación surrealista. Habían llegado al mostrador de American, el Muñeco en la fila y el Duque al lado. Todo bien, pasaje en orden, silla asignada, visa gringa al día..., todo perfecto. Hasta que la señorita que lo atiende revisa de nuevo el pasaporte y se fija en la fecha de vencimiento.

—Lo lamento —le dice—, el señor no puede viajar.

—¡¿Qué?!

—No puede viajar, lo siento. Su pasaporte caducó hace once días.

El Muñeco voltea a mirar al Duque, y lo ve pálido como una sábana.

Se hacen a un lado para montar un plan B. El Duque está descompuesto y el Muñeco se esfuerza por reanimarlo, le asegura que no es grave, el trámite de revalidación es de un día para otro, lo gestionan rapidito y son amabilísimos, no pasa nada, lo importante es no agobiarse.

El Muñeco regresa solo a la camioneta y le suelta al Pildo la noticia a bocajarro: el Duque no viene, porque se largó.

—Cómo así, *se largó*...

—Así no más, dio media vuelta y desapareció. Se largó, Píldora, entiéndalo, ya no contamos con él.

Píldora queda viendo un chispero y arranca a caminar en círculos, como un pato desorientado. No puede entender, simplemente no. ¿El Duque lo ha dejado solo en semejante trance? No, tiene que haber un error. Eso no puede ser.

Pero es.

El Muñeco no se achantaba; ya tenía todo resuelto. Volvería a la ciudad sin mayores sobresaltos —total nadie sabía ni sabrá nada—, haría su trámite y apenas pudiera viajaría a Miami, con pasaporte renovado y pasaje nuevo. Entre tanto, Píldora que fuera haciendo lo que tuviera que hacer con esa maleta, y santo remedio. Dentro de un mes iban a estar celebrando, olvidados del incidente.

—Dígame qué quiere que le traiga de Miami, chino Pildo, algún regalito bien bacano —dice el Muñeco, que de una vez va abriendo la puerta del Mitsubishi para encaramarse.

—¡No! —lo tranca el Píldora—. Usté, mijo, se me va en taxi. Ni modo que yo ande por ahí choferiándole, y con esa maleta atrás. Yo me quedo aquí esperando al Duque, algo lo habrá demorado, tiene que venir, voy a esperarlo diez minutos más...

—Mala idea, chino Pildo —le dice Muñeco—, no lo espere, se lo aconsejo. El Dux se largó por su lado.

—Cómo así, ¡para dónde!

—Se largó, se cagó en las patas y se largó, quién sabe para dónde. Para la Conchinchina o para París, o para la casa de su mamá. No lo espere, Píldora, no se exponga, que ese man se abrió del parche y no vuelve por acá.

—¿*No vuelve por acá?* —grita el Pildo, llevándose las manos a la cabeza—. Qué quiere decir *se abrió del parche,* ¿acaso no teníamos que llegar a su finca a acabar con esto?

—Sí, ya sé —dice Muñeco—, sorry, bro, jodido el pedacito. Es que el Dux se puso mal, ¿sí ve?, se asustó y perdió el control, ¿me entiende? Ese pisco no tiene temperamento para estos trotes. Mejor así, mejor que se vaya, que le baje al agite y pueda descansar. Esto requiere nervios de acero, no es para gente delicada.

El Duque había aprovechado para desaparecer. ¿Ya que estaba en el aeropuerto, se compró de una vez su propio pasaje para largarse a las primeras de cambio? ¿Así no más, sin dilaciones, sin pasar antes por su casa a recoger equipaje, ni a despedirse, ni maricaditas de ésas?

Así no más. Poniendo pies en polvorosa, y si te he visto no me acuerdo.

—¿Me está diciendo que el Duque se largó en un avión? —le pregunta el Pildo a Chucky con un tremolar de desesperación en la voz.

—Eso parece, mi rey. Se atortoló y se largó.

—Al Muñeco le dije que se fuera en taxi —me cuenta en retrospectiva el Pildo en esta noche del Liceo Quevedo, cuando lo veo más triste que Bambi en el Día de la Madre. Para colmo, tiembla presa de una como tiritadera corporal. No lo culpo, el caso es patético y el frío está importante.

El Muñeco llamó un úber y se devolvió a la ciudad, haciendo cuentas alegres sobre la renovación de su pasaporte. El Píldora me dice que no volvió a verlo de ahí en adelante; no sabe qué habrá sido de él, si al fin pudo viajar o no.

En cuanto al propio Pildo, pues a hacer de tripas corazón y a ponerle pecho al hecho. Del aeropuerto salió en la Mitsubishi con la maleta hacia la finca del Duque. ¿Por qué hacia allá? Porque a dónde más; ése era el plan acordado y no estaba la cosa como para sacarse de la manga otro mejor.

—Uy, hermano —le digo al Pildo—, de qué locura me está hablando. ¿Y por qué no tiró esa maleta en alguna vuelta de la carretera?

—¿Y si la Policía me tenía puesto el ojo? Habíamos dado mucha papaya en ese aeropuerto, mucho grito, mucha ida y venida, mucho movimiento sospechoso. Y además: no. ¿Tirar por ahí a la niña, deshacerme de ella así como así? No, hermano, usté no me conoce. Yo no podía hacer eso; hubiera sido como matarla otra vez.

A la finca pudo entrar sin inconveniente. Nicasio, en efecto, ni era visto ni veía: órdenes eran órdenes. Píldora se tomó su tiempo para hacer lo que tenía que hacer: tardó tres horas en ello. Ya sin la maleta, regresó a Bogotá, dejó la Mitsubishi por la zona industrial de Puente Aranda, regresó a su casa y aquí está hoy conmigo, arrebujado en mi ruana.

—Pero por qué en el agua —le pregunto—. Por qué, Pildo, explíqueme en qué momento le vino la descabellada idea de dejar a la niña en la piscina. No, espere, no me responda. Yo tengo una explicación. Hay quien dice que los muertos sueñan en el agua, y en cambio en la tierra no. Fue por eso, ¿cierto?

—No, Hobbo, no invente vainas. O bueno, sí, también por eso. Pero sobre todo porque se lo prometí. A ella, se lo prometí. ¿Me entiende?

—Qué, Pildo, le prometió qué...

Píldora voltea la cara hacia el otro lado, no quiere que le ausculte la mirada, pero la noche está tan oscura que de todas formas no veo un cuerno. Él sigue hablando. Su boca invisible me va contando de cuando iba carretera abajo, curva tras curva, hacia Atolaima. En la camioneta los dos: él adelante y la chiquitica atrás.

La preciosa nena martirizada y muerta y empaquetada, niña de las lágrimas, dolor de mi alma, mi eterno remordimiento, mi condena y mi pena. Ahí, en la camioneta, solos ellos dos, el Pildo le hizo una promesa solemne: le dijo que no la abandonaría.

Permanecería a su lado hasta el final, así fuera la última cosa que hiciera en su vida.

Pero eso no es todo. Píldora quiere contarme algo más. Le cuesta trabajo, trae un nudo en la garganta y no logra desembuchar. Empieza a tartamudear, está a punto de arrancar, luego se arrepiente y para.

—No se preocupe, chino Pildo —trato de tranquilizarlo porque lo veo agónico—, no me cuente más que ya sé suficiente, dejemos eso así.

Él insiste en que no.

—Me asomé un buen rato a la baranda, allá en Atolaima, chino Hobbo, y estuve pensando. ¿Me capta? Después de acomodarla a ella. La baranda esa, ¿se acuerda, pelao? De ahí hacia el desbarrancadero, como en el último paseo del póker, cuando lanzamos cuanta vaina hacia abajo —me dice.

Ahí está: lo siento latir. Vivito y coleando, el destino presentido. La movida buscada, el gran anhelo. Se va acercando la hora: que a nadie lo coja desprevenido.

—¿Sabe por qué no lo hice? —me pregunta y no sé qué responderle.

—Qué cosa.

—Usté sabe qué.

Qué me estará preguntando este Pildo, ¿por qué no se arrojó? Vaya, vaya, ésa sí es la pregunta del millón. Yo tendría que saberlo, al menos aproximativamente, para poder reciprocarle con una hipótesis coherente, o una réplica vivificante. Si lo hubiera hecho, si el Pildo se hubiera inmolado, yo habría sabido explicármelo, incluso explicárselo a él mismo en este momento. ¿Pero por qué no lo hizo? Ahí la cosa se pone difícil. En realidad, ni idea. Después de todo lo que pasó, otro cualquiera se lanza a la jaula de los leones o las ruedas del tren. De una vez, en el nombre del Padre, del Hijo y del Espíritu Santo: ¡cataplún!

Sin pensarlo dos veces.

Pero el Pildo lo pensó demasiado, y ahora pretende que yo sepa por qué.

—Por venir a verlo a usté —él mismo responde su propia pregunta y yo me rasco la cabeza, este gorro de invierno pica como un demonio—. Por eso, Hobbo. Por venir a verlo. Porque hay cosas que nadie debe olvidar, y cosas que alguien tiene que saber. Y ese alguien es usté.

El Pildo deja de hablar y yo me quedo callado.

Cae un silencio tan profundo que se diría que ha pasado un ángel, pero no es cierto, por aquí no pasa nadie, ni siquiera un ángel, y menos uno bueno y comprensivo que nos arrope bajo sus alas, como la gallina a los pollitos. Nada de eso, ningún ángel, ni siquiera una gallina. Pura soledad, que pesa como si quisiera aplastarnos. No sé cuánto rato permanecemos así, mudos y escalofriados; no soy bueno para calcular el tiempo. Mucho rato, en todo caso.

—Todo zapato cuenta una historia —le digo por fin.

—Sí —me responde—, y esa historia puede ser atroz.

—Y ahora que es hora de confesiones —le digo—, déjeme preguntarle yo a usté una vaina. Me la responde si quiere, y si no quiere no. Tanta movida y parafernalia con el funeral de la niña, que si la lavó, que si la ungió, le arregló el pelo y la envolvió... Toda esa mise-en-scène... para qué se puso en ésas, Pildo. La verdadera verdad. Para qué.

Y qué decir del aceite. Los santos óleos aquellos con que la ungió, los perfumes caros, los inciensos, las mirras, ¿otros regalos suntuosos, como de Reyes Magos? El famoso aceite. Según el análisis de Medicina Legal, se trató en realidad de un menjurje de aceite vegetal, loción antisolar con extracto de coco y sal marina. Ingredientes que el Pildo debió encontrar en la cocina y los baños de la finca, los mezcló y produjo la emulsión con que embalsamó. ¡Ay, Píldora!

¿Enjuagarle los pies a la niña con ungüentos suntuosos y perfume de nardos, como la Magdalena a Jesús? ¿O ungirla con el óleo inagotable de la Santa Jarra, como a los reyes de Francia en el día de su coronación?

O simplemente lavar. Limpiar. Restregar. Hacer desaparecer el semen, la sangre, la saliva, el sudor: las marcas del crimen. Borrar huellas delatoras. Que del Muñeco homicida no quede ni rastro. Llevar a cabo esa tarea con meticulosidad.

Tras la pasión y la muerte de la niña mártir, ¿vino un delicado bautismo por agua, sacro ceremonial de redención y resurrección? O más bien un intento de ocultar vestigios, para que no se supiera qué, ni cuándo, ni quién.

—Cuál de las dos cosas, Píldora, cuál fue su objetivo, ¿exequias rituales, o eliminación de evidencia?

El Píldora no responde. Elude la mirada, agacha la cabeza y no dice nada.

—Vale, Pildo, me queda claro, entonces. El que calla otorga.

Miro hacia arriba buscando una señal, una luz, una esperanza, algo de qué agarrarme. Nada. No hay ni una estrella a la vista, y luna tampoco. Esta noche el cielo es tierra de nadie.

—No fue tan así, Hobbo —se anima a decirme—. No fue sólo eso. No sólo quise borrarle las huellas, también el dolor. Yo hubiera querido que ella pudiera olvidar.

—Hubo concepto de Medicina Legal, hermano. Dictaminaron propósito deliberado y metódico de lavar el cuerpo en agua y aceite para dejarlo libre de huellas. Yo ya lo sabía, Pildo, toda la ciudad lo sabe.

Píldora vuelve a enmudecer y yo sólo quiero largarme y perderme. A este man lo deben estar buscando hasta por satélite, en cualquier momento nos caen, nos echan a la guandoca y nos clavan pena capital, guillotina, silla eléctrica.

Con permiso, yo también me piso. Adiós, Pildorita, amigo mío de infancia, me duele mucho todo esto que nos pasó, créame que estoy destrozado, pero chao, chino Pildo, ya no puedo más, hay cosas sin explicación ni perdón, yo mejor me voy muy al carajo. Sin comentarios, pelao, no tengo nada que añadir, los pollitos dicen pío, pío, pío cuando tienen hambre, cuando tienen frío. Yo tengo hambre y tengo frío, lo que usté hizo fue una atrocidad, no le puedo decir más. No soy el ángel comprensivo que usté necesita, ni soy gallina clueca que pueda perdonarlo. Chaíto, hermano, yo me largo.

Estoy a punto de decírselo: adiós ahora sí, pelao. Soltarle mi despedida con una bendición, como deben hacerle sus tías y su madre cuando él sale de casa. O más bien con la maldición que se merece. Pero estoy en ello cuando él me interrumpe, agarrándome del brazo. Otra vez me retiene; no quiere que me vaya, y yo, sin decirlo, pero pensándomelo, ok, hermanito, lo que quiera pero suélteme, no me toque demasiadito, mire que soy alérgico al contacto.

Me urge irme, so sorry, no puedo más, no veo la hora de llegar a mi casa a echarme al coleto unos Corn Flakes con leche, si es que hay leche en la nevera, y si no, los Corn Flakes a manotadas y a palo seco. Y un pan con mantequilla de maní... si es que queda pan. Ya, suficiente por hoy. Añoro mi cueva; allá me esperan mi sofá mullido y mis Angry Birds.

Pero no. Angry Birds serían pañitos de agua tibia, apenas como si mi mami viniera a curarme con merthiolate una raspadura. No. No es suficiente, se queda atrozmente corto. Lo que me urge es un exorcismo mayúsculo, una misa negra como no haya otra, algo de la talla del *MTV Unplugged* de Nirvana, poco antes del suicidio de Kurt Cobain: memento rockero por excelencia, y más que eso, memento mori.

Es la hora del final. El Píldora y yo caminamos lado a lado balanceando al compás nuestros pasos, par de monjes patéticos y peripatéticos. Avanzamos hacia atrás, *como si fuera esta noche la última vez*. En este postrer instante trasponemos en calma el ojo del ciclón, pequeño como una cabeza de alfiler, tan reducido que sólo nos abarca a los dos. Alrededor sopla y bufa la tormenta.

Éste es el abrazo del adiós.

Ambos lo sabemos.

Píldora va cabizbajo. Triste, solitario y final, como novela de Soriano. Me hubiera gustado que al menos a él le tocara un poco de felicidad; en otras circunstancias, habría podido ser un buen tipo, o al menos uno normal. *Felices los normales, esos seres extraños,* dice Fernández Retamar. Tras lo ocurrido aborrezco al viejo Pildo y al mismo tiempo lo compadezco, como me ocurre conmigo mismo.

—Venga para acá, mi rey —le digo de repente conmovido, pasándole el brazo por los hombros y pretendiendo ignorar que no hay mañana—. Vamos a mi casa y le preparo un té, aunque no sea ese Earl Grey que le gusta. Camine, Pilulo, vamos a dormir, un poco de descanso nos hará bien. Le cedo mi cama, si quiere, total cuando estoy solo casi siempre me quedo en el sofá. Camine, hombre, no sea terco, venga que el sereno nos va a matar. ¿Usté sabe, mijo, lo que es el sereno? El sereno es el culpable del griponón que vamos a pescar si seguimos acá.

Trato de sonar convincente y acogedor, pero mentiría si dijera que me sale del alma. Él insiste en que no, que prefiere estar solo.

—Tranquilo, hermanito —me dice con un hilo de voz—, fresco, bro, váyase usté, yo me quedo.

Yo que sí, y él que no.

Mucho le insisto en que sí, pero por dentro ruego que me gane él con su no.

La luz de una linterna avanza hacia nosotros por entre la oscuridad, con liviana brinconería de luciérnaga. ¿Quién vive? No hay respuesta, no se ve nadie.

—Oigan, muchachos, mejor ya se vayan —sosteniendo la linterna aparece Rojitas, el celador de la portería de abajo—. Que no los coja por acá el día, que después yo pago el pato. Y no me dejen basura, ni botellas ni colillas, que luego a mí me reclaman.

—Rojitas, ángel cruel, enfunda tu espada de fuego, no nos expulses del paraíso —le digo.

Pero tiene razón él, es justo su reclamo, así que lo seguimos hacia fuera. Qué más da, si el tiempo se ha cumplido. No hay aplazamiento que valga. De salida pasamos frente a su caseta, iluminada y cálida. Despide olor a café, fulgor de un calentador y reflejos azules del televisor prendido.

—¿No estudió acá ese muchacho? —nos pregunta Rojitas—. Véalo, lo están pasando por los noticieros. ¿Cierto que sí?

Pildo y yo quedamos congelados, más de lo que ya estábamos. Están deteniendo al Muñeco.

—Mierda, Pildo, ¡lo encontraron! Mierda, mierda, mierda. Lo agarraron, Piluli...

Ahí, en la pantalla: operativo policial frente a un edificio, y multitud iracunda que pide sangre y grita amenazas, cosas virulentas que erizan la piel: ¡que te capen, Muñeco, que te violen, que te hagan lo mismo que le hiciste a ella!

—Mierda, Pildo. Lo agarraron. No me joda, lo agarraron...

Me entra una como falta de aire que me asfixia.

Veo que el Pildo ha caído de rodillas. Los perros de Rojitas lo olisquean, mansos, y le lamen la cara.

Pildo y yo nos agarramos un instante de la mano. Rojitas nos invita a pasar, nos presta su silla y arrima un butaco, le sube volumen al televisor, nos sirve tinto de su termo.

Mucha policía y proliferación de patrullas rodean un edificio, ahí en la pantalla. Se mueven con cautela, en erizada expectativa. Reporteras con bufanda se aferran al micrófono y susurran el acontecimiento.

No lo gritan ni lo desperdician. Lo saborean. Lo van soltando suavemente, sin romper el ritmo, conteniendo el aliento. Saben bien que están anunciando el evento decisivo, el más esperado por el país entero, que ha seguido paso a paso la tragedia de la niña con indignación desbordada, auténtica pena en el alma y odio incendiario contra su torturador y asesino.

Ver para creer: la caída del Muñeco.

Ya lo detuvieron, lo están esposando. Le están poniendo chaleco antibalas para impedir que algún energúmeno le dispare.

Yo me empiezo a sulfurar. Se inflama mi furia. Grito para mis adentros, mentalmente me sumo al pelotón de fusilamiento. Musito rezos malditos. Ahora sí a temblar, Muñeco.

Te llegó la hora, infeliz. Suda sangre, Chucky-boy, suplícales a todos los santos. Cuélgate de las lámparas, gatea en cuatro patas por el techo. Te agarraron, Muñeco. Que te arranquen la ropa y te arrastren desnudo por las calles de esta ciudad, que te abomina. A tu paso escupiremos, Dolly-boy, te lapidaremos.

En mis entrañas va creciendo el magma. Soy un volcán que escupe lava hacia dentro.

El tono tenso y contenido de las reporteras produce vibración en la atmósfera. Respetan el memento, el clímax ceremonial, la solemnidad del rito.

Más allá, detrás del cordón policial, se amontonan los iracundos, los que no perdonan.

Yo estoy con ellos.

La absoluta inocencia y la indefensión de la Niña. La soberbia y la impunidad del verdugo. La ciudad no aguanta más: incuba una ira en estado puro de alto poder explosivo. La ciudad soy yo, son ellos. Somos los ululantes, el coro griego. Somos la bestia que clama venganza.

Las cámaras de televisión vibran de los nervios: el personaje ya asoma, ya asoma, pero nada que lo sacan a la calle. ¿Será un montaje, todo esto? ¿Alguien está seguro?

Seguro sólo la muerte. Y muerte por linchamiento.

—Camine, hermano —le susurro al Pildo y lo jalo por la manga—, vamos con esa gente, unámonos al motín, crucifiquemos al Muñeco.

Pero el Pildo no se mueve, no responde, se lo ve contrito como una beata; no sé qué estará pensando, ¿se alegra, o se ensombrece?

—Cómo se llamaba ese pisco, el asesino de Gaitán... ¿Roa Bastos? —pregunto.

—Roa Sierra —me corrige Rojitas—. El que mató a Jorge Eliécer Gaitán fue Roa Sierra.

—Roa Sierra, es correcto, el 9 de abril de 1948. La ciudad no perdona, Rojitas, va a despedazar al Muñeco, como hizo con Roa Sierra. Lo va a descuartizar y se lo va a manducar, como a Grenouille, el de *El perfume*...

Rojitas me mira con ojos redondos.

—Nada, nada —le digo—, *El perfume*, una novela. Del furor de la ciudad no se salva nadie, Rojitas.

—Eso sí es verdad, sí señor.

Vómito negro, bocanada de bilis. Que lo capen, que lo rompan, que lo aplasten con el peso de sus cuerpos y le trituren los huesos, como hizo él con ella. Que le arranquen la boquita a mordiscos, como le hizo él a ella, y lo desgarren por dentro.

La ciudad me llama; yo quisiera obedecer su mandato. Salir a incendiar: estoy listo. La ciudad es un templo, y en su altar mayor se celebran sacrificios. ¡Como en el 9 de Abril, hermanos ciudadanos! La urbe reactiva su propia memoria, revive su historia y hoy quiere volver a la guerra, no dejar piedra sobre piedra, pisotear al gobierno, marchar al norte a colgar oligarcas de los postes.

—Cállese, Hobbo, o nos cuelgan de los postes a nosotros —me dice el Pildo en secreto, tratando de calmarme—. Mejor quietos, mano, calladito es más bonito, o nos crucifican con el Muñeco.

Tiene razón él; a mí se me olvida a qué bando pertenecemos.

Un locutor lee un mensaje firmado desde las cárceles por los presos del país. Mandan decir que el Muñeco no será bienvenido en ninguno de sus patios. Me sumo a ellos, cuentan con mi firma. Son normas no escritas de la ética patibularia: al violador se lo viola y al violador de menores se lo viola colectivamente. Éxitos, Dolly-boy, gózatela. A ver cómo quedas.

—Óigame, Pildo —lo sacudo por el hombro—. ¿Píldora? Ey, Pildorita, hermano...

Pero el Piluli se ha vuelto a apagar. Otra vez es un invertebrado, una marioneta de trapo. De acuerdo, respeto sus sentimientos, pero necesito quien me haga cuarto, alguien que esté vivo y comparta conmigo estos momentos históricos.

—Qué le parece, Rojitas.

—Grave, la cosa —dice Rojitas, y nos sirve otra ronda de tinto.

—¡Vea eso! —lo sacudo—, vea la rabia de la gente, quieren matar y comer del muerto, la Policía no va a poder contenerlos cuando asome el Muñeco.

Shhh... En la pantalla se ha hecho un silencio absoluto. La ciudad enmudece..., todo el universo en vela, fibrilando... Es él. El Muñeco. Allá, véanlo al fondo del edificio, allá se alcanza a ver, miren cómo se agacha para no mostrar la cara. Ay, papá, cómo te luce ese chaleco antibala, agradece que te lo prestaron, o no demoran en acribillarte. ¿Ahora sí? ¿Ahora sí? ¿Ahora sí te arrugas? Esposado y amarrado, ¿a ver cómo es?, caminá como Elvis Presley, dale, que te vea, o se te dañó el caminado. Ay, Dolly-boy, Dolly-boy, quién te ha visto y quién te ve. Así quería tenerte, hundido y humillado, destilando miedo. Ahora sí, hacete el bravucón. Dejate ver la cara, no seas malito, hacele ese último favor a este pecho. Dale, Chucky. Quiero verte llorar, amigo. Quiero que ardas de vergüenza. Ponete bien colorado, mostrá un tris de remordimiento. Se te acabó el reinado, mi rey. Te cayó por fin la dolorosa.

—Ése es el edificio, Hobbo. Ese apartamento —me dice lánguido el Piluli, señalando la pantalla y haciendo pucheros.

—Ya lo están sacando, mírelo —grito yo—. ¡Es él! Van a embutirlo en una patrulla, ¡mire! Tienen que protegerlo entre treinta, ¿sí ve? Lo rodea todo un pelotón para que la gente no se le eche encima. ¿Será posible esto que está pasando?

—Esto ya pasó, don Hobbo —me aclara Rojitas—, hace un buen poco de horas, ahora lo están transmitiendo en diferido.

—¿En diferido? Ah, carajo..., en diferido. ¿O sea que ya pasó? ¿Ya se lo llevaron preso?

—Hace rato, sí señor.

Vaya papelón el mío. ¿No le digo? A mí la vaina temporal me la baila, llegué tarde al espectáculo y ni siquiera me di cuenta.

Nos despedimos de Rojitas y le damos las gracias.

—Ese apartamento... —insiste Píldora cuando ya vamos calle abajo.

—Van a capar con cortaúñas a ese Muñeco —yo no me bajo del arrebato—, van a desollarlo vivo, van a...

—Ese apartamento está a mi nombre, Hobbo. Me la volvieron a hacer. Me traicionó el Duque y también Tarabeo.

—¿Qué cosa?

—El apartamento. Está a mi nombre.

—Cuál apartamento.

—Donde estaba escondido el Muñeco. Ese apartamento.

—Qué me está diciendo, Pildo.

—Lo que oye. Ese apartamento, en ese edificio que salía en la pantalla. El apartamento donde estaba el Muñeco.

—Qué pasa con ese apartamento.

—Que está a nombre mío.

—¿Cómo así, usté escondió ahí al Muñeco?

—Yo no, yo no sabía dónde estaba ese man, yo ni idea, se lo juro, Hobbo, yo no volví a verlo desde Eldorado. Hasta ahora me entero. Como usté, viendo el noticiero; al principio creí que lo habría entregado Tarabeo.

—Y por qué Tarabeo.

—Él debió meter ahí al Muñeco.

—¿Tarabeo? Y Tarabeo por qué iba a esconder al Muñeco en un apartamento suyo, hermano.

—No es mío, es de Tarabeo.

—¿No me dice que está a nombre suyo?

—Está a nombre mío, pero es de Tarabeo. El Táraz lo tiene de polverita, ¿sí ve?

—Ah, qué bonito. Su pisito clandestino.

—Pues sí.

—Ya veo, ya veo. Ahí lleva el Táraz a sus nenorras, y para que su mujer no le pille el desguazadero, lo encubre poniéndolo a nombre suyo. Y santo remedio. Qué bien. Extraordinario. Porque usté nunca le niega un favor a nadie, ¿cierto, Pildo? Pues ahí tiene. Revolcadero del Táraz y escondite del Muñeco, todo a nombre suyo, Píldora. Qué bonito. Tome pa' que lleve. Aprenda, mijo, a ver si deja de ser huevón.

—Ahora sí fue, mano.

—Eso veo —le digo y me rasco la cabeza; mi gorro niuyorkino pica como colonia de piojos.

—Y usté qué, Hobbo. ¿Usté no estaba oyendo? O se hacía el pendejo. Por el noticiero dijeron que lo entregó una mujer. Al Muñeco, lo entregó una mujer, la que le pasó el dato a la Policía.

—Qué mujer.

—No dijeron, no podían revelar el nombre.

—¿Entonces no lo entregó Tarabeo?

—¿Acaso no vio, Hobbo? Ahí, en el noticiero. Dijeron que lo delató una mujer. Hasta la mostraron, así de pasadita. Ahí, mano, con la Policía, frente al edificio. Una mujer de botas moradas y cara medio cubierta...

—Las huellas suyas en el cuerpo de la niña, su nombre en la caleta del asesino, rastro por aquí y por allá, testigos por todo lado... Estás en problemas, cariño.

—Tú también, cariño. Yo seré imbécil, pero usté es tarado, mi pobre Hobbo.

Y ahí se bifurcaban nuestros caminos y agarró cada cual por su lado.

Quizá pude haber convencido al Píldora de que viniera conmigo, para no dejarlo solo y a merced de su pánico en esa noche oscura de nuestras almas. Pero ni él quiso venir, ni yo quise que viniera.

Por eso no me toma por sorpresa la noticia: el Píldora regresó al colegio cuando yo me alejé, y al amanecer se tiró de cabeza desde el campanario aquel donde no anidan cigüeñas. Se estampó treinta metros más abajo contra la grama de nuestra cancha de fútbol, ese glorioso y verde rectángulo que ha sido semillero de atletas, borrachines, alguna gente buena, otra normal y uno que otro dirigente de la patria.

Campo de fútbol convertido en campo santo.

Adiós, Píldora, amigo de infancia, quién habrá dibujado el mapa del corazón en tu camisa.

Con la primera luz del día, los celadores encontraron su cuerpo hecho harina.

Él mismo ya había enunciado que los muertos de la noche aparecen en la madrugada.

Su muerte fue pan comido: estaba cantada. Nadie frena al tren transiberiano cuando atraviesa cual bólido las planicies nevadas, y nadie podía detener a mi rey el Píldora en su lanzamiento estelar al vacío. Para huir del terror, se refugió en la muerte. Gran frase. No es mía, es de A. Álvarez.

Dicen que cuando uno se va, es porque ya se ha ido. Me animo a glosar: cuando te suicidas, es porque ya estás muerto.

Pobre Piluli. Ya no podrán juzgarlo, ni para condenarlo ni para indultarlo; él les saltó largo, literalmente.

Píldora, el servicial. El Tutti Frutti fiel, el cultor de la solidaridad. El que vio retribuida su gentileza con dos traiciones que lo revientan por dentro y por fuera, y que en últimas vienen siendo más bien tres, si se suma mi propia deserción. Huye rastreramente el Duque dejándolo encartado en una camioneta con el cadáver de una niña y el desquiciamiento de un criminal. Luego, Tarabeo lo clava y lo compromete escondiendo al asesino más buscado en un apartamento que ha puesto a nombre suyo. Y rematando con broche de oro, entro en escena yo, Hobbo el etéreo, el inconsistente Hobbit, y dejo al Pildo librado a su desgracia en su última hora, en medio de esa *noche de negruras y de lágrimas*.

No puedo decir que su muerte me haya destrozado: no se destroza lo que ya está en trozos.

Los monicongos son cinco, y el más chiquitico se mata de un brinco.

Los monicongos son cuatro, y al más chiquitico lo entierro y lo tapo.

6. Hobbit (alias Hobbo, Bitto, Bobbi, Job)

Desde hace cuatro meses Muñeco está preso, y aun así, acaba de colarse a mi casa como una rata: por debajo de la puerta. Deslizan hacia dentro el periódico de hoy y veo que han publicado copia fotostática de una carta firmada por él. Cuando menos lo esperaba, o cuando ya no lo esperaba, me llega de su puño y letra esta carta que me deja temblando.

No voy a leerla. Veo de reojo que son pocas líneas, apenas un triste párrafo. No me interesa. Me sacude y me deja loco, como pasaba antes con cada timbrazo de los monicongos. Sólo que peor, mucho peor, ahora que concluyo que en los monicongos se esconde el latido de nuestra desgracia, porque no son nada ni son nadie y se van a disolver, llevándose consigo sus sucios secretos.

Le quité el volumen al celular porque no aguanto la idea de que el Muñeco pueda buscarme desde la cárcel. Pero él se las arregla y me llega reptando. Me altera su intromisión; llevo cuatro meses tratando de exorcizarlo. Necesito depurarme, exorcizarme a mí mismo, vomitar inmundicia hasta quedar limpio.

El Muñeco. Le han dictado pena máxima: sesenta años. Suena infinito y sin embargo es poco, no hay vida que alcance para pagar lo que hizo.

Sesenta años completos, sin prerrogativas ni derecho a reducción. ¿Cómo pasará sus días, allá enjaulado? Dicen que no le permiten tener pertenencias, a él, que vivió para amontonarlas. Y que sólo le dejan entrar libros. Vaya ironía, libros como único objeto, justamente a él, que jamás leyó ninguno. En su mismo pabellón de alta seguridad paga condena un hombre que le borró la cara con ácido a una muchacha.

¿Intercambiará recuerdos, ese par, de reja a reja?

Y las noches. Cómo serán las noches del Muñeco, cómo soportará las veintiún mil novecientas que caben en sesenta años. ¿Mirará el reloj, o le dará lo mismo? ¿Podrá dormir, o se mantendrá en ascuas? ¿El espacio de sus sueños estará infestado?

Para que no quede al alcance de los demás reos, que quieren machacarlo, lo han puesto en una celda de confinamiento solitario. Guardias armados lo custodian en todo momento y sólo lo sacan al sol durante media hora diaria. Una prisión dentro de la prisión, como en las pesadillas laberínticas de Piranesi. Qué podrá pensar el Muñeco, año tras año, década tras década, en brutal y privativa comunicación consigo mismo. Qué sabor tendrá la eternidad de su encierro.

Preguntas insondables.

No he ido a visitarlo y no voy a ir, me alivia saberlo encerrado bien hondo y muy lejos, donde yo pueda ignorarlo y borrar su recuerdo. Que me deje tranquilo, es lo único que pido, yo, Hobbit, Hobbo, Job, bicho entre exótico y encuevado, medio hípster, medio hámster, yo, que de la vida no espero nada, salvo que el Muñeco me deje en paz. Pero no me deja. Desde su celda manda ahora esta carta, como si estirara la mano para tocarme.

Estoy fuera de su alcance. Todo en mí lo repele. Todo en mí repele todo. Desde aquel día, mi estado general es de alergia. Irritación por dentro y por fuera, intolerancia a todos, a mí mismo, a todo. No pude volver a comer, ni a dormir, ni a salir a la calle, ni hallaba cómo respirar. Estos cuatro meses se me han ido en tratar de recomponerme. ¿Será posible recuperar una vida que pueda llamar habitual? O al menos una vida que pueda llamar vida. Hay horrores que destruyen, y yo me quedé anclado en esa página. He envejecido cien años.

De día algo logro avanzar, me ayuda saber que hay un sol allá afuera. Pero en las noches entra a saco el delirio y me arrastra del pelo por las cuatro esquinas de mi cuarto. En la oscuridad, el tormento de la Niña-niña llena mi espacio y me gira por dentro, convirtiendo mi sistema nervioso en circuito de una rueda que no se detiene. Si al menos los terrores me llegaran solos, pero no es así, vienen revueltos con recuerdos y no atino a saber si vivo lo que sueño y sueño lo que vivo, o si lo he visto por los noticieros, o me lo contaron, o lo grita la gente en la calle, o son mentiras y nada de eso pasó. Para colmo, las voces me suenan agrandadas como con megáfono, o a veces también finitas y diminutas, como susurradas, o filtradas por entre una cánula.

Durante el primer mes no hice sino llorar. Por la Niña-niña, *my sin, my soul,* la dulce pequeña pálida. Y también por mí, Hobbit, Hobbo, lastimero Job. No podía parar de llorar, me acurrucaba en un rincón hecho un ovillo y me dejaba quemar por la sal de las lágrimas; me quería morir. Llegué al segundo mes agotado y reseco: como muerto.

Recién al tercer mes recuperé algo de fuerza, apenas la necesaria para vegetar. Pude volver a comer.

Pero sólo pizza, que pedía a domicilio para no tener que pisar la calle. Pizza al mediodía, a la noche pizza recalentada y a la mañana siguiente pizza trasnochada. Imposible ocuparme de las traducciones para conseguir billete. Andaba raspando fondo, el trabajo no se me daba, mis neuronas seguían en huelga. Ni hablar del viejo proyecto de jalarme una autobiografía, eso sí que menos, ni auto ni grafía, todo se había ido al carajo.

Tres agónicos meses me tomó recuperar alguna capacidad de discernimiento, y cuando volví a pensar se me vino a la mente una especie de mandato: pues si esto soy y estoy en ceros, desde ceros tendré que empezar de nuevo. Volvería a bañarme todos los días, a abrir las persianas para que entrara la luz del patio, macilenta y triste, pero luz al fin y al cabo, tímidos rayos de claridad para las tinieblas de mi alma. Volví a escuchar mi música, a salir al mercado.

Me siguen pareciendo imposibles algunas cosas antes apenas normales.

Como mirarme al espejo. Me he propuesto hacerlo hasta que sea mi propia imagen, y no la de un extraño, la que aparezca en el reflejo. Me ejercito en ello como De Niro en *Taxi driver:* you talkin' to me?, me digo y trato de obtener respuesta. Who the fuck you're talking to? Pero ni por ésas.

No le abro la puerta a nadie, ni siquiera a Malicia, sobre todo a Malicia.

A ella no. No, no, no, aunque ha venido a timbrar y a rogar que le abra, y me atiborra el celular de mensajes. En uno de ellos anunció que había cancelado su matrimonio con el Duque, que la decisión era irreversible y que ni siquiera se habían vuelto a ver. Pero ni por ésas. No le abro ni le contesto, aunque se desgañite en el celular el Divino Sordo con su *Für Elise*.

Y aquí tendré que lidiar con algo que preferiría no recordar. Uno de esos *golpes en la vida* que postraban al César Vallejo de los días lluviosos en París. Voy a andarme con rodeos, cautelosamente, como quien camina sobre vidrio molido, cuidando de no estrujar aún más mi pobre corazón. Vamos a ver. ¿Por dónde le entro al asunto? Pongámosle un nombre, así como para empezar. Vamos a llamarlo *el tópico de las botas moradas*.

Aquí va, a la una, a las dos y a las tres: el tópico de las botas moradas.

Cuando el Muñeco regresa a la ciudad, después de su fracaso en el aeropuerto, con la absurda idea de refrendar el pasaporte para viajar a Florida al día siguiente, se encuentra con que los familiares de la niña han puesto el grito en el cielo y tienen a toda Bogotá enardecida en contra suya. Las autoridades lo están buscando como quien dice para matarlo y comer del muerto, cosa que él desde luego no se esperaba; él, Muñeco, Dolly-boy, el intocable, el inmune, el que siempre ha estado por encima de la ley.

Cuando se percata de su situación in extremis, acorralado en medio de una ciudad hostil, ¿a quién recurre, pues? La respuesta es obvia, puedo imaginarla sin dificultad: el Muñeco vuelve a llamar a Tarabeo. Sigo prefigurando el cuadro: Tarabeo no puede creer sus ojos cuando ve al Chucky otra vez. ¿Qué carajos hace usté por aquí? Ese regreso no está presupuestado, se sale del libreto, desconoce las instrucciones impartidas, ¿acaso Tarabeo no había advertido en Il Giardino que no se podía improvisar? Y sin embargo ahí está otra vez el Chucky, fresco como una lechuga en medio de una situación al rojo, desobedeciendo la orden del comandante, ¿que cuál era? ¿Cuál? A ver, Chucky, repita conmigo: debo encaramarme en un avión, cualquier avión, el primero que salga, con tal de que me lleve lejos y me deposite al otro lado del universo. Ésa era la orden. ¿Había quedado claro?

Evidentemente no. No estaba claro para nada: ahí aparecía otra vez el Muñeco, indeseado e incómodo como un Lázaro resucitado.

Hasta risa me da imaginarlo, el Chucky-boy acercándose de extranjis por detrás y haciéndole toc-toc en el hombro a un desprevenido Tarabeo, ya limpio de polvo y paja y con las manos lavadas, como Poncio Pilatos. Hasta que, ¡oh!, sorpresa: cuclí, cuclí, quién está detrás de mí. ¡Maldición! Pero si es el Muñeco...

De verdad me río. Por fin puedo reírme de algo, en medio de este mar de lágrimas.

Ahí, por segunda vez, le cae al Táraz su encartada. Justicia poética. Vuelve a ganarse la rifa del tigre, en el peor momento, además. Andar con ese tigre a cuestas es como comprar tiquete directo al patíbulo. Al Táraz no le queda más remedio que improvisar una solución, como quien dice un jam a la desesperada, y encaleta al fugitivo en su propio cambuche, su rincón clandestino en la calle 72, su nidito de amor, su polverita amada. Perdonando el pleonasmo: esconde al tigre en el escondite.

Y ahora salto unos tres días, hasta la última noche del Píldora en predios de nuestro liceo, ya muy hacia el final del final, cuando yo andaba en pleno fragor tipo 9 de Abril, clamando linchamiento para

Chucky, mientras un agonizante Pildo sudaba su huerto de los olivos. Ahí.

Ahí apareció una imagen borrosa, pero decisiva, en la pantalla del celador. Los noticieros mostraban a una mujer que se cubría el rostro y que llevaba botas moradas. El Pildo la reconoció; yo no. La Gata con Botas, vamos a decirle, para no mentar su nombre ingrato.

Según los reporteros, *ella* (el nombre se lo reservan) era la persona que había alertado a la Policía sobre el paradero del asesino prófugo.

El Pildo, que todo lo sabía —era nuestro historiador de cabecera, al fin y al cabo—, vio en la pantalla ese edificio de la calle 72 que la Policía tenía cercado y que estaba a punto de allanar.

—Mierda —exclamó.

Y digo *exclamó* porque lo que sigue de veras lo toma por sorpresa: al ver ese edificio, cae en cuenta de que el Muñeco está escondido en la polvera de Tarabeo. ¡Ése! Ése es el edificio, no cabe duda, Píldora lo conoce bien: ahí tiene su desnucadero Tarabeo. Se deduce que el Muñeco no pudo coger avión ni volarse al extranjero, y que el Táraz se vio obligado a guarecerlo ahí dentro.

—¿Cómo así? —le pregunté al Pildo, porque no lograba entender.

—Así como suena, el Muñeco está encambuchado en la polvera del Táraz, ahí lo están apresando, ya le ponen las esposas, ¡vea!

—A la mierda —dije yo—, van a pillar al Táraz, le van a echar mano también a él, por encubrir al criminal. Uyyy, mi hermano, Tarabeo es hombre muerto...

—No crea —el Pildo me corrigió sin gota de dramatismo en la voz—, el hombre muerto soy yo.

—¿Usté?

—Yo. La polverita figura a nombre mío.

Tarabeo había hecho que fuera el Pildo quien firmara el contrato de alquiler, para que María Inés, su mujer, no lo descubriera. O sea que el Pildo, y no el Táraz, iba a ser acusado de encubrimiento. Nada muy alarmante, al fin y al cabo, total Píldora ya venía jodido desde antes, con el cuerpo de la niña impregnado de sus huellas digitales y toda esa tétrica historia funeraria.

La nota intrigante aquí, la novedad, es la aparición en escena de la Gata con Botas, frente al edificio de la 72.

—¿Sí la ve? —me preguntó el Pildo, señalando la pantalla—. Véala, Hobbo, ahí volvió a asomar, la mujer de las botas, ¿no la reconoce? Ahí, con la Policía.

—Será alguna de las novias del Táraz, una que conocía la polvera...

—Alguna novia no: la novia. Véala, Hobbo, ahí se alcanza a ver. ¿De veras no sabe quién es?

—Cómo voy a saber, si tiene la cara tapada.

—Ya. ¿No reconoce esas botas?

—Cuáles botas.

—Esas botas moradas. De gamuza morada. Cuánta gente conoce usté que tenga botas moradas. Son inconfundibles, menso, sólo Alicia usa unas botas como ésas.

—¿Quién?

—Ya me oyó: Alicia.

—¿Alicia? ¿*Nuestra* Alicia? ¿Se refiere a Malicia?

—Pobre Hobbo, usté y el Duque eran los únicos que no se la pillaban. Esa polverita, ¿me sigue?, esa polverita la consiguió Tarabeo para verse con Alicia. Ella tiene llave de ese apartamento. Debió entrar y oh, sorpresa: ve al Muñeco ahí escondido, y opta por avisarle a la Policía. Alicia. Alicia lo delata. Alicia es la mujer de las botas moradas.

—¿Alicia tenía llave?

—Claro que tenía llave, ése era su nidito de amor. Ay, hermano, aterrice. El nidito de amor de Alicia y Tarabeo. Ellos dos eran amantes, pendejo.

Yo me quedé sin palabras. Sin palabras, sin pensamientos, sin aliento. Qué baldado de agua helada. Encajé ese golpe como una pequeña muerte. ¿Mi Malicia, la niña de mis ojos, amante del cafre de Tarabeo? Ayayay, eso dolió, eso dolió mucho, me partió por todo el eje, mejor romperle la jeta al Pildo por calumniador, chismoso de mierda, mentiroso. Yo no podía creer lo que me estaba diciendo, y al mismo tiempo sí le creía. Dónde estará mi mamá, *hay golpes en la vida tan fuertes,* ayúdame, please, mami, con este mandoble me reventaron.

Ya está. Fin de esa historia. Ya hice el recuento y no lo vuelvo a repetir. Fade out. Se cierra el caso de las botas moradas.

Pero a Malicia le ha dado por perseguirme, por qué será que me acosa, para qué reta así mi paranoia, qué gana con eso. Era lo único que me faltaba, Malicia dejándome mensajes en el celular, dizque porque necesita verme.

Así que rompió con el Duque. Vale. ¿Se verá en cambio con Tarabeo? Quién sabe, no se lo voy a preguntar, no me da la gana, la sola idea me repugna.

Allá ellos, todos tres, que se las arreglen como puedan. Si todo nuestro mundo se desmorona, con más razón esos amores de ellos, ese triángulo grotesco. Que ella anduviera con Duque, el estirado y gélido Nobleza, ya era pifiada suficiente. ¿Pero ejercer de amante de Tarabeo? Eso ya es tocar fondo. Revolcarse en el lodo. La cretinada máxima.

Y a pesar de todo me preocupa ella, debe estar dolida y maltrecha, yo tendría que acompañarla... si fuera capaz. Pero no, no puedo perdonarla. Aunque ella nunca sabrá qué deuda tiene conmigo, ni a qué se deben mis celos y lo insondable de mi rencor. Ésa será mi venganza contra su bajeza: mantenerla en la ignorancia. Nunca va a tener noticia del amor secreto que le profesé. Mejor así, qué más da, qué importa que se acabe lo que nunca fue.

A veces me hace falta, la tonta. Creo que voy a contestarle al teléfono, o al menos voy a intentarlo, y quizá la próxima vez hasta le abra la puerta, quién sabe. Pero no lo haré hoy, ni mañana, todavía no. Tal vez nunca lo haga. Tendría que correr mucha agua bajo los puentes, y no veo puentes por acá cerca.

Ay, Alicia, Malicia, me rompiste el corazón. Píntamelo en el pecho, muchacha, pero píntamelo roto. Cómo me engañabas, mala, *cabecita mentirosa, boquita que miente*. Yo celándote con Duque, y tú poniéndonos cuernos a ambos. Este golpe, te juro, este golpe me partió en dos. Vaya traición tan amarga, muchacha, me supo a hiel. Y no logro quitarme la aspereza de la boca. Traicionar a un novio, vaya y pase, ¿sabes? ¿Pero traicionar a un amigo como yo? ¿A un buen amigo? Eso no tiene perdón. ¡Y con Tarabeo, niña! Deja que me ría, ja, ja, ja. Tú, la chica de la polvera, la moza clandestina de ese cafre, y para colmo a espaldas mías. Tanta confidencia entre tú y yo, tanto consejo, tanto detalle, pero el secreto te lo guardabas bien guardado. ¡Novia de Tarabeo, el playboy, el seductor de pacotilla, el maniobrero! ¿Se puede caer más bajo, Alicia? Dime, ¿se puede? ¿Es que no queda en el mundo nada que valga la pena, nadie en quien confiar? *El Señor me la dio y el Señor me la quitó, bendito sea el nombre del Señor.* O acaso no puedo clamar al cielo, si al fin de cuentas soy Job. ¿Acaso no? Hobbit, Hobbo, Bobo, Idiota, Ingenuo, Job. Ay, Alicia, mi Malicia, qué buen apodo te puse, te viene como anillo al dedo.

Y hablando del rey de Roma... ahí está sonando el celular, vea. ¿Sí ve? Otra vez Alicia. Ya van tres veces hoy. Pero no le voy a contestar. Que ni crea.

De todas maneras, me quedo pensando. Increíble pero cierto, el epicentro de nuestra existencia siempre ha sido ella. Alicia, principio y fin de nuestro pequeño universo. Ella, la madeja donde nuestros hilos se entreveran. Alicia es el astro de cinco puntas, la estrella pitagórica, y ensartado en cada una de sus puntas, uno de nosotros, los cinco Tuttis. Supongo que eso está claro desde el principio; ése siempre ha sido el axioma. Y ahora revienta este asunto de la polvera para apretar todavía más el nudo gordiano.

Como en un guion que se pasa de rosca, aparece ese lugar —la polvera— donde todo converge: la alquila Tarabeo para llevar a Alicia, pero la pone a nombre de Píldora y acaba escondiendo ahí al Muñeco. ¿Y yo? ¿Qué velas llevé yo en ese entierro? Yo fui convidado de piedra, petrificado en mi propia indolencia. Yo hice las veces del que presencia sin participar, el testigo, del latín testiculus, es decir una hueva.

La polvera era el hueco secreto, la covacha, el rincón elegido para esconder nuestro mugre, desde el engaño hasta el crimen. Hasta que aparece Alicia con sus botas moradas y lo hace estallar en pedazos.

¿Quién entregó a Muñeco? Ella.

Ella, la única capaz de plantarse y decir, hasta allá no llego. Ella tuvo el coraje, cuando los demás nos cagamos en las patas. Quizá lo que me inhibe para buscarla no sea tanto el rencor, cuanto la vergüenza.

Aunque también viceversa.

Me desvelo preguntándome a qué hora se habrá ido todo al carajo. Cuándo se jodió la vaina.

A veces logro recordar al Muñeco tal como era en los días del colegio, antes de que alzara con él la desgracia. Dorado tostado de bíceps formidables, camiseta blanca, sonrisa socarrona, dijecitos guajiros colgados al cuello y melena fabulosa, enrubiada al sol con agua oxigenada. Por un instante lo veo con la lengua verde por el granizado que vende a la salida el viejo Abelucho, que empuja en su carrito un bloque de hielo y muchas botellas con jarabes de colores, rojo, violeta, verde limón: sustancias de luz fosforescente. A mí esa visión me hipnotiza, como los caleidoscopios, o los vitrales de la capilla del colegio. El Muñeco escoge un granizado verde, verde irisado, y yo me inclino por el amarillo cadmio, que suelta los destellos más tóxicos.

Y aquí saco otro pez del pozo de la memoria, uno que sale coleando, como si estuviera vivo. Primero me llega el humero de una hoguera, donde están asando ternera a la llanera. Luego el olor seminal de la cerveza, y enseguida una gran alharaca. Es la becerrada del último año de liceo, unos días antes del grado. Los toretes, diabólicos, giran con agilidad de gatos y van manchando la arena con churretes de diarrea. Mis amigos y yo, espontáneos del toreo, medio nos reímos, medio nos cagamos encima del susto. Y ahí aparece el Muñeco, borracho perdido en el centro del ruedo, embistiendo a lo salvaje a los demás compañeros y hasta a los propios becerros. Bien. Despachado ese recuerdo. Uno menos.

Una de las primeras tareas prácticas que me he impuesto por estos días de empeño terapéutico es la de deshacerme de la torre de cajas de pizza que se me habían ido acumulando, casi tan alta y tan inclinada como la torre de Pisa. A diario barro con la escoba y una vez al mes aspiro el apartamento, paso el trapeador y cambio las sábanas. Emerjo del mugre y vuelvo a ser persona.

Pero no hay que confundirse: no todo son adelantos, no hay que cantar victoria, de tanto en tanto me vuelve la pálida y sufro retrocesos hacia la catatonia.

Tengo que librarme de una buena vez de un juego perverso que me deja agotado y al que le dedico muchas horas. Se trata de un mece-mece enfermizo que va de extremo a extremo: de inventar las peores torturas para Muñeco, a culparme a mí mismo y a los demás Tutti Fruttis por ser lo que somos y haber propiciado que él terminara haciendo lo que hizo. Así va y viene, va y viene dentro de mí esa oscilación que me desquicia. Primero diseño para él los castigos más horrendos y las peores venganzas. En mi favorita me imagino a mí mismo esperando paciente a que él cumpla completos sus sesenta años de condena. Espero día a día, mes a mes, año tras año sin otra tarea que sobrevivirlo, y justo el día anterior a su liberación, me las arreglo para entrar a su celda y matarlo. Lo hago ese preciso día y no antes, para no rebajarle ni un solo minuto de encierro. Y ya luego mi cabeza pega el giro, la balanza se inclina hacia el otro lado, la culpa recae sobre mi persona y trato de imaginar mil maneras de echar atrás el tiempo, o paralizar el reloj justo el día anterior al crimen y alertar a Tarabeo, al Duque, al Pildo de lo que va a suceder, para que atajemos al Muñeco antes de que suba al barrio de la Niña-niña. Como sea, hay que detenerlo. Amarrarlo a una silla o encerrarlo en un cuarto. O incluso matarlo, sobre todo eso, matarlo, todo vale, todo, con tal de impedir que haga lo que hizo.

Para aplicarme a la reconstrucción de mí mismo con la disciplina necesaria, empecé a anotar la lista de tareas en una libreta a la que le puse título: *Volver a vivir*. Un nombre inconfesable, de acuerdo: nombre de telenovela o de manual de autoayuda. Pero en mi estado terminal, eso es justamente lo que necesito, volver a la vida. Tal como están las cosas, no puedo aspirar a más. Las páginas de esa libreta se han ido llenando con mi letra psicótica. A la enumeración escueta de tareas, le añado comentarios, recuerdos, balance de logros y retrocesos, y casi sin darme cuenta ya estoy escribiendo a buen ritmo. Sólo que no escribo un gran libro, como hubiera sido deseable; lo que me ocupa es apenas esa libreta con instrucciones de salvataje. Algo es algo.

La carta que Muñeco publicó en los diarios me agarra con las manos en la masa. Literalmente. Para el día de hoy me había impuesto como tarea de sobrevivencia cocinar para mí mismo algo que me guste de veras y que en lo posible me despierte el apetito, pero sobre todo que me devuelva algún recuerdo amable del cual agarrarme para rearmar mi pulverizada psique. En este orden de cosas, opté por jugarme una carta arriesgada: hornear una torta de plátano como la que hace mi madre. Un asunto agridulce, la tal torta de plátano, evocación entrañable y a la vez melancólica de mi niñez solitaria.

Lo lógico habría sido llamar a mamá y pedirle la receta; tal vez en algún momento consideré esa posibilidad. Pero la descarté enseguida. Primero, porque ella anda de paseo por Bucaramanga con sus amigas del bridge, sosteniendo en una mano el abanico de cartas y en la otra su eterno macchiato. Segundo, si no lo hice fue sobre todo para evitar que ella me soltara una de sus típicas preguntas, por ejemplo, *si me había afectado mucho* todo el asunto del asesinato. Aunque qué va, ese recelo era por demás infundado, mi madre siempre ha sido muy desentendida y desmemoriada. Mi hermana Eugenia ya me había contado que cuando aquello sucedió, mamá la había telefoneado para decirle, ¿te enteraste de esa cosa aterradora que hizo un exalumno del colegio de tu hermano?

Eugenia se había hecho la loca para no tener que aclarar. A mi atolondrada madre lo mejor es dejarla que flote en su propia estratosfera, y Eugenia y yo sabemos de sobra que no vale la pena hacerle el esfuerzo ni reclamarle nada. Así que más bien bajé de internet la receta de la torta de plátano, ahí viene bien explicada en video, y luego salí a comprar los ingredientes, plátanos amarillos, mantequilla, harina, huevos, todo lo demás. Poniéndole la mejor voluntad, me instalé en la cocina con los utensilios a mano, y andaba en pleno trance de batir las claras *a punto de nieve* (así dice la receta, *punto de nieve*) cuando veo el titular en el diario que resbala por debajo de la puerta: *Carta del asesino desde la cárcel.* Siento un vahído que me obliga a sentarme.

Enseguida decido que no leeré esa carta pública que el Muñeco da a conocer desde la cárcel. ¿Por qué y para qué voy a hacerlo? Pateo el diario fuera de mi vista y sigo adelante con la receta, pero me tiemblan las manos de tal manera que hago un desparramo con las claras. No, no voy a leer eso, yo ya pasé esa página. Y al mismo tiempo esa carta me llama, es inevitable, saber de Muñeco es saber de mí mismo y del mundo en que habito.

Encerrado en una celda donde nadie puede verlo pero todos lo abominan, el Muñeco gravita sobre la ciudad como un tótem del mal. Desde donde está se esparce el malestar y cunde el escalofrío, o se riega el río de luces sin sombra, como de esos santuarios secretos donde los frailes franciscanos de Pereira aseguran tener escondido al demonio.

Rescato el periódico debajo del sofá, donde lo lancé de una patada. Lo destrozo y lo tiro a la basura; si tuviera chimenea lo quemaría hasta volverlo cenizas. No tengo chimenea, pero lo hundo entre borra de café y colillas, cáscaras de huevo y pieles de banano. Lo cubro de porquería y ajusto la tapa de la caneca.

Me aplico otra vez a mi torta. El siguiente paso es aplastar los plátanos con un tenedor y mezclarlos con la mantequilla, la harina, la leche y el azúcar. Hasta volverlos mazacote, como muestra el video. Lo revuelvo todo con una energía fuera de proporción y le vierto encima lo que queda del punto de nieve, luego hundo las manos en esa masa, mórbida y mansa, y la voy apachurrando. Esta masa amable me ayuda y me acompaña, la voy acariciando, la aprieto con ganas, casi con placer, hasta que me calmo. Ahora vuelco la masa en un molde previamente engrasado para que no se pegue, y la meto al horno precalentado a ciento ochenta grados. Por una hora y media.

¿Qué comerá el Muñeco, allá en esa cárcel? Dicen que le pasa como a los emperadores romanos, y que su comida requiere vigilancia para que no intenten envenenarlo. Se comprende. Cuántos no querrán verlo con las tripas reventadas y revolcado en vómito, cada bocado un presentimiento de muerte. Y sin embargo.

Fueron muchos los recreos durante la secundaria en que el Muñeco me invitó a compartir con él la merienda que traía en su lonchera. La lonchera, esa cajita rectangular de lata, con manija, que era toda una institución en el Liceo. Cada alumno llevaba la suya y en cada una, envueltos en papel plateado, la manzana, el sándwich, la botellita de leche, la galleta. Cada niñito con su loncherita en el recreo de las diez y media. Recuerdo la del Muñeco, traída de Miami, con He-Man estampado de un lado y Skeletor del otro, aunque a mí me gustaran más las térmicas, como la del Duque, y aunque yo por mi parte no tuviera ninguna, ni mi madre madrugara a preparármela.

Nunca llevé lonchera y sin embargo no me faltó merienda, porque no hubo un solo recreo en que el Muñeco no se me acercara a ofrecerme la mitad de lo suyo, venga pacá, mi lindo, que lo mío es suyo, tome, chino Hobbo, manzana, galleta, sándwich de atún o de jamón y queso, amorosamente colocados por la mamá de Muñeco para el Muñeco en su lonchera de He-Man. Porque la señora se ocupaba de eso personalmente, como también de tenderle la cama y arreglarle el cuarto; no permitía que las sirvientas se metieran con las cosas del cachorro. La manzana ni siquiera la tocábamos, ni él ni yo, aunque su mamá insistiera en mandarla todas las veces.

La mamá del Muñeco. No habrá almohada que absorba sus lágrimas. Desde el principio y hasta el final, la vulnerabilidad despótica del hijo sometió a la madre. El hijo la consumía. El hijo crecía en soberbia gracias a que ella se encogía. Ella confundía el egoísmo insaciable del hijo con hambre verdadera, y lo atarugaba de mimos. Ceronetti diría que el desmedido amor de esa mujer por la supuesta debilidad de su hijo *le proporcionó a éste una fuerza terrible*.

Ese apodo de Muñeco salió de ella, de la madre, que siempre lo llamaba así: ven, muñeco mío. No hagas eso, muñeco. Anda despacio, muñeco, cuídate mucho. Mi muñeco lindo. Mi muñeco. Él, el menor de sus hijos, fue su posesión, su mascota, su refugio contra la soledad, su gran venganza. Porque si para algo sirve el cordón umbilical, es para amarrar.

Aun así, sería ruin de mi parte no estar agradecido con la madre de Muñeco por mi ración de merienda todos esos años, y hasta las manzanas que no me comí se las reconozco.

Y aun así. Aun así, esta torta de plátano que hoy preparo con cuidado no va a ser para el Muñeco. Y si lo fuera, tendría que llevar veneno por dentro.

Rebusco entre la basura y rescato el periódico. Lo limpio como puedo y lo recompongo como un rompecabezas, aunque no hace falta, la carta es tan mínima que cabe en un solo trozo. No he empezado a leerla y ya me sudan las manos. Voy a leer, de acuerdo. Ya lo he decidido, aunque sé de antemano que no voy a saber nada que no sepa ya.

Dice el encabezamiento: *A mis seres queridos*.

No es suya esa frase impostada, como de tarjeta postal. Se la dictaron, tal vez el abogado de oficio que le adjudicaron, porque ningún otro aceptó sacar la cara por él. Venga pacá, mi hermano. Tons qué, mi mompi. Quiúbole, chino. Venga ese abrazo, mi rey, choque los cinco: el Muñeco sólo sabría decir esas cosas, y zamparte un beso en plena jeta. Tons qué, mi rey. Y hágale a otro abrazo. No mucho más que eso. No hablaba español, el Muñeco, y en realidad ningún otro idioma tampoco, y para qué iba a hablar, si prefería el embate físico, para apapacharte o para lastimarte. Los temibles y amorosos arrumacos del Muñeco, que no me molestaban pese a ser yo persona que no aguanta que la toquen.

A mis seres queridos: no me lo creo. Mi querido Hobbit, me decía palmeándome la espalda a manotazos, mi Hobbit querido, y venga otro de esos apretones de costillas que me dejaban sin aire. No joda, Hobbito, yo a usté sí que lo amo.

No era cierto, el Muñeco nunca quiso a nadie más allá de sí mismo.

Su carta no va dirigida a nadie en particular y a cualquiera en general. Es un texto retorcido y extraño. Si realmente hubiera querido dirigirse a sus *seres queridos,* lo habría hecho en misiva privada, y no en esta modalidad mediática que dio a conocer a la opinión pública. A quién creerá que engaña.

En la línea siguiente pide perdón, pero lo hace con frialdad y distancia. Se atreve a decir: *Les pido perdón por el 5 de octubre.* Le pide perdón a su propia gente, pero no a la familia de la niña. Y no pide perdón por el crimen, sino por la fecha en que fue cometido. Como si los días se sucedieran solos, simples hojas de calendario. De un solo plumazo le quita a la niña la carne y la sangre y la deja reducida a la fecha de su muerte. La vuelve a matar con el mismo desparpajo de antes; esta carta es apenas la prolongación de un desprecio.

Esta carta no tiene sujeto. En ninguna parte dice: yo rapté, yo violé, yo torturé, yo asesiné. Dice que *lamenta la muerte de la niña,* pero lo hace con el gesto impersonal de quien manda una tarjeta de pésame, como si ella hubiera muerto así no más, como si su *muerte lamentable* hubiera sido producto de un accidente cualquiera, de tránsito, por ejemplo, o de rayo fulminante. No sé si el Muñeco habrá escrito esto por consejo de algún abogado, buscando eludir responsabilidades para alcanzar disminución de pena o alguna otra prebenda. No sé. O si lo hizo porque no es capaz de verse a sí mismo como sujeto, como ser causante de sus propios actos.

Cero sentimientos, cero remordimientos. El Muñeco no le da la talla a la enormidad de su falta.

Hace invisible a la niña y se vuelve incorpóreo él mismo; pretende abrir entre ambos una distancia de hielo.

Intuyo, o quiero intuir, que esta parrafada que no dice nada en el fondo debe decir algo. Aparentemente sosa, debe ser en realidad una trampa bien diseñada que le permite parapetarse en los eufemismos y la autoindulgencia. Se refiere a lo atroz —el secuestro, la violación, la tortura, el asesinato— como a *los hechos*. Hechos son un diluvio, un incendio, una guerra: golpes de la ira de dios. *Ésos* son hechos. Lo que él hizo es crueldad gratuita.

Se atreve a pedir un perdón que no desea por una culpa que no siente. Para sentir algo se impone ser persona.

Aguzadillo, el Muñeco: eso sí. *Avispado,* ese atributo tan bien visto entre nosotros y que consiste en saltar largo, salirse con la suya, pasarse a los demás por la faja, cagarse mucho en todo. Porque qué agilidad para escurrirse y eludir. Él, el más zorro, pide perdón con el solo pretexto de indultarse a sí mismo.

Leo la palabra *perdón* escrita de su puño y letra y sólo quisiera tener agallas para romperle la cara. Pero no tengo agallas, y si no creo en la justicia, tampoco creo en la venganza. No, no quiero verlo ni confrontarlo ni voy a hacerlo, también a mí me corre horchata por las venas.

Me encierro en el baño, vomito hasta el alma y después traigo trapero y lejía para dejar las baldosas otra vez limpias. No quiero saber más, y sin embargo vuelvo a la carta, busco la huella que me permita saber en qué momento el Muñeco atravesó el umbral.

Hubo una noche, hace unos cuantos años. Brillaba una luna llena, de eso me acuerdo.

Algo vi esa noche, o algo intuí. Debían ser las tres o cuatro de la madrugada y yo salía de la Clínica de Marly, donde hacía unas horas habían internado a mamá para una cirugía de emergencia. ¿De qué la operaban? No sé, no pregunté; de unos años para acá, el cuerpo envejecido de mi madre y sus metamorfosis son para mí un enigma que prefiero no resolver. En todo caso la habían operado y yo había permanecido en la puerta de cuidados intensivos hasta que avisaron que la cosa había salido más o menos bien, y hasta que llegó mi tía para relevarme y hacerse cargo. Pese a la hora, no quise tomar un taxi que me devolviera a casa, preferí caminar, a ver si el helaje que a esas horas baja del cerro me despercudía ese olor, mezcla de materia infecta y desinfectante, que en la sala de espera me había impregnado el pelo y la ropa.

Por razones que no vienen a cuento, mi madre y yo no éramos ni somos cercanos, nunca hemos sido, y sin embargo esa noche temer por su vida me había descolocado, y al salir del hospital no sentía yo la cabeza bien encajada sobre los hombros. Tal vez me hubiera gustado permanecer a su lado cuando despertara, ser yo quien le diera la noticia de que todavía estaba viva. Me hubiera gustado. Y sin embargo, mi tía había sido enfática en que no era necesario que me quedara y que sería mejor que me fuera a descansar. Así que me fui. Al fin y al cabo, yo nunca había sido necesario. Pero me lastimó la exclusión, severamente, y me largué de allí.

En realidad, veo poco a mi madre. Si mucho una vez al mes, o incluso menos, en visitas protocolarias para almorzar en su casa con el ajiaco de los domingos y la torta de plátano, que desde niño me gusta. En esas ocasiones comemos en silencio, porque me rehúso a responder sus preguntas sobre la vida que llevo y sobre mis *planes a futuro* —*a futuro,* así dice ella y yo me retuerzo ante ese giro hoy tan de moda, *a futuro*—. En fin. El caso es que mi madre y yo nunca hemos sido propiamente uña y mugre, o tal vez sí, no sé, tal vez durante mis primeros años de vida, eso no lo recuerdo. Pero a raíz de la separación de mi padre, ella tomó la decisión —valiente, supongo— de vivir su vida como una mujer libre para gozar de su grupo de amigas, de su trabajo y su bridge, y eventualmente algún novio, o sea sacándole el jugo a toda la energía que aún llevaba por dentro. Y un par de hijos pequeños, tan extraños y huraños como yo y mi hermana Eugenia, no éramos piezas que encajaran en sus planes.

Una vez despachado el ajiaco dominguero y la torta de plátano, yo observo a mi madre mientras ella lleva a cabo uno de los rituales más extraños y para mí incomprensibles que la caracterizan: lava los platos a mano antes de meterlos a la lavadora de platos. Acción paralela y complementaria de esa otra, también de rigor: dejar la casa relumbrante, en palabras suyas como una tacita de plata, antes de que la señora de la limpieza llegue para limpiarla. Según mi madre, lo hace para que esa mujer —siempre la llama así, *esa mujer,* y no por su nombre, pese a que *esa mujer* ha trabajado para mi madre tres veces por semana durante los últimos ocho años—, para que esa mujer encuentre todo impecable y no piense que ella vive en una pocilga.

Pero por qué hablo aquí de mi madre, y justo ahora. Qué tiene que ver ella con todo esto, por qué la meto aquí a la fuerza, si me hace perder el hilo con el que intento salir del laberinto. A menos de que sí, y mencionar a mi madre y su torta de plátano sea necesario, al menos para mí, tan urgido de arraigo. La torta de plátano de los domingos en casa de mi madre: ¿una señal de cariño materno? ¿Una muestra de su arrepentimiento por el mucho abandono en que nos mantuvo durante tanto tiempo? Medio me da risa y me suena a disparate, pero no descarto que esta mísera torta sea la forma en que mamá me busca y me tiende una mano, un gesto suyo que no sé reconocer, que no sé agradecer como debiera. Supongo que me gustaría decirle que fue una buena cosa que no muriera aquella noche en la Clínica de Marly.

Salgo de ese hospital acongojado y resentido, y además asustado: les tengo pánico a las rutas de la noche. O sea: estoy mal de forma cuando veo lo que vi; cuando creo percibir alguna cosa entre los callejones aturdidos de música barriobajera, bares de putas y cuchitriles de mala muerte. Por aquí y por allá: rumberitos, drogos, cuchilleros y mendigos. Un fulgor de luna llena me impide tropezar con los borrachos que duermen la perra tirados en la acera.

De repente y por sorpresa, veo al Muñeco sin que él me vea a mí. Lo observo. En medio de un chorro de ruido y una vaharada de humo, sale de una de esas cuevas rodeado por un grupo de alborotadores. Él al centro del foforro, como mecenas y gran bufón. Va de sudadera verde radioactivo (su color favorito desde el raspado de hielo a la salida del Liceo), y envuelto en el tricolor de la bandera patria, tal como lo habíamos dejado Pildo y yo tres días atrás, el domingo a la salida del estadio, después de un partido de la selección, que nos hizo llorar con una derrota aparatosa. Pero de eso hacía tres días con sus noches. Por su propia cuenta y riesgo, Muñeco había ido prolongando la jarana y debía estar completando ya setenta y dos horas corridas, con la misma sudadera verde ya mugrosa y todavía envuelto en el pabellón nacional. Más desorbitado que el domingo, más tronado de la juma y en compañía de otros. Otros que hubiéramos podido ser nosotros, los Tutti Frutti, pero no éramos.

Ese matachín de verde que aullaba de patriotismo: ése era mi amigo el Muñeco, mi pana, mi mompi, el chino queridísimo, y al mismo tiempo no era. Aunque estamos a mitad de año, se había encasquetado un gorro tipo Merry Christmas con todo y cuernos de alce, o de sátiro, con los que embestía a su comparsa. Convertido en fauno, mi mompi despedía una nueva energía, más agresiva, más montaraz. Y cómo gritaba. Le salían de la garganta unos alaridos como de zorro, cuando los zorros lloran en el bosque imitando a las brujas o a los críos. Y se reía abriendo mucho la boca y mostrando todos los dientes, listo para la carcajada o para el mordisco. Mi viejo amigo convertido en criatura estrambótica y fascinante.

Me entraron celos, lo reconozco. Sentí por dentro un imán que me jalaba hacia él. En esa madrugada helada hubiera preferido unirme a su francachela a seguir rondando por ahí, despechado y solitario.

El Muñeco siempre había tenido eso: carisma. Era el alma de toda fiesta, el capo de los desmadres, y la verdad en ese momento me hubiera gustado salir de la sombra y acercármele, para que me recibiera a los abrazos y los besucones: venga pacá, mi hermano, usté aquí conmigo, a mi lado, ¿qué se toma, my sweet friend?, tráiganle un trago a mi pana, que yo invito.

Aun así, no me moví de mi sitio. Inspiraba culillo, este rey del desenfreno que había empezado a revolear la bandera, a echar madrazos contra Venezuela y a entonar en falsete el himno nacional. Un hijo de la luna, el Muñeco, lujurioso y lustroso, macho alfa de la tribu callejera, él, tan niño bien y tan barrio norte, derrochando roce y full body contact con los verdaderos dueños de la noche.

El Muñeco y su séquito se pusieron en movimiento, enfilando procesión por un callejón con escalinatas que se descendían en espiral. Abajo se abría una noche dentro de la noche. El Muñeco y los suyos enfilaban hacia las áreas macabras al sur de la Décima, hervideros bravíos donde hace estragos la muerte. No sobrevives en esta ciudad si no respetas sus demarcaciones tácitas. Las fijan la prudencia y el sentido común, y sin embargo el Muñeco parecía haber perdido instinto de conservación, o ganado audacia.

Lo dejé seguir de largo. Básicamente porque me acogotó un miedo pánico y unas ganas urgentes de llegar a mi casa y protegerme entre mi cama.

Además, no era verdad. No era verdad que el Muñeco me hubiera recibido con un abrazo. Con la peda y la traba en que andaba, seguro no me reconoce siquiera.

El Muñeco ya era otro.

Alejado de nosotros, escapado de los Tuttis —jueguito de cuello blanco, círculo cerrado y vicioso—, se había abierto al mundo y se había convertido en joven príncipe del hampa.

Ya sobre el filo de la madrugada había empezado a lloviznar, y yo me encaminé hacia mi cueva por calles mojadas y desiertas. Tiritaba de frío. Iba pensando en Malicia, no podía evitarlo, y tarareaba una canción desalentada: *quiero que no me abandones, amor mío, al alba.*

Todo había transcurrido como en un sueño. Una alucinación de anestesia, como la que había padecido mi madre en esa larga noche de cirugía, mientras le extirpaban alguna cosa maligna sin que yo estuviera allí para consolarla.

La etapa que siguió estuvo marcada por el desentorche de la fiesta loca. El Muñeco empezó a echar la casa por la ventana en vibrantes jaranas multiculturales y policlasistas, a las que concurría todo el espectro social y sexual, desde niñas bien hasta prostitutas cotizadas, desde aristócratas en descomposición hasta mafiosos en ascenso, desde consocios del Tennis & Golf, hasta parces y camellos del Cartucho.

A esas tenidas bravas ya no concurríamos nosotros, sus infantilizados y aburguesados amigos del Tutti Frutti. Y empezaron a llegar noticias de que en aquellas celebraciones el Muñeco se ponía hasta atrás de trago y de droga y se entregaba al disfraz, cambiando su propia ropa por sombreros o pañales, barbas postizas, zapatos de payaso o encajes de mujer. De noche podía ser Luis XIV, pero amanecía como lacayo de su corte, o fungía de Simón Bolívar, de cura, de monja, de Casper el fantasmita amigo, de Marilyn Manson o de Marilyn Monroe.

Decían que buscaba rebasar sus propios límites, o hacer estallar las estrecheces de su piel para dejar emerger al ser incontenible que le bullía por dentro. Como planta trepadora, su vieja personalidad se iba desbordando. Asumía los colores del camaleón y asimilaba las artes del performance.

Me da por pensar que de todos nosotros, los cinco Tutti Fruttis, quizá el Muñeco fuera el único inconforme, el que llevaba por dentro vocación de rebeldía. ¿Tal vez era un conejo de peluche que aspiraba a King Kong, y su sístole y diástole le expandían el pecho hasta rasgar la camiseta? Una de dos, o llegaba a ser artista, o se convertía en criminal. Para lo primero le faltó enjundia.

Destroyer de sí mismo, utilizó esos poderes para triturar también a los demás.

Tal vez toda esta historia ha sucedido tal como ahora la recuerdo. Aunque mejor será no seguir dándole manivela al rollo, que de repente me suena inventado, o ajustado a posteriori debido a la angustia de no haber sabido a tiempo lo que sólo supimos demasiado tarde.

Vuelvo a leer la carta del Muñeco buscando respuestas, tan esquivas ahora como antes. Pero esta vez descubro un detalle, una de esas señales sutiles que persigues con ahínco cuando todo lo demás es impenetrable. Me fijo en una peculiaridad que antes había pasado por alto. En una de las líneas, el Muñeco menciona a la niña por su nombre, y lo escribe con mayúscula inicial. Nada anormal por sí solo, si él supiera de puntuación. Pero no sabe. Se salta las mayúsculas en el resto de la carta, no las usa para marcar los puntos aparte. Todo lo ha escrito en minúsculas, todo menos su propio nombre, como era de esperar, pero aquí viene algo más, algo que encuentro extraño y quizá revelador: todo lo escribe con minúsculas, menos su propio nombre... y el nombre de ella.

Me da por pensar que quizá la Niña, en quien la carta se detiene el instante necesario para dedicarle una inicial remarcada, quizá ella pueda ser —ella, la pequeña mártir, la doncella muerta— el único ser en el mundo, aparte de sí mismo, que signifique algo para Muñeco. Algo. Esa niñita. La víctima sacrificada, única capaz de lograr que el poroso entendimiento de él se fije en alguien. Ella, la única que logra acallar el zumbido de neuronas que a él le bulle en la cabeza, como un enjambre de abejas aturdidas por el veneno. Niña-niña y el Muñeco. El Muñeco y Niña-niña. Otras parejas han pasado a la historia como mitos de amor, Abelardo y Eloísa, Dante y Beatriz, Romeo y Julieta. Pero si el Muñeco escogió a la pequeña, fue para ejecutar en ella un cruel rito de horror. Se fijó en ella, se obsesionó con ella y la prefirió, pero solamente para destrozarla. ¿Sólo matando pudo registrar la existencia ajena? ¿Causar en otro un dolor insoportable como única forma de conocimiento?

Me he propuesto volver a ser persona, hago lo posible por recomponerme, pero titubeo en mi plan de sobrevivencia. La afrenta cometida es un agujero negro que nos va tragando sin remedio. Nos ha asolado la desgracia, empezando por la Niña y acabando por el propio Muñeco. Han quedado destruidas la familia de ella y la familia de él. Sus amigos disueltos. Inmolado el Píldora. El Duque separado de Malicia y expatriado. Malicia expatriada de mi corazón.

Tarabeo, como siempre, inalcanzable e intacto. Y yo, Hobbo, Hobbit, Job, enclaustrado en esta alergia interna que me intoxica y me paraliza.

En este país nuestro ha sido tanta la guerra, tanta, soportada por demasiado tiempo, que los vivos ya estamos acostumbrados y los muertos olvidados y no hay quien registre el catálogo. La violencia pesa y pasa, así sin más, pasa y arrasa, y la muerte se ha ido volviendo vida cotidiana. Y a pesar del sopor nacional, la memoria de la Niña cala tan hondo que rompe la inercia, y la infamia de Muñeco mantiene al rojo la ira y el asco. Nadie olvida ni perdona, y al mismo tiempo nadie puede tirar la primera piedra. Este crimen se impone como un espejo, y el monstruo que allí se refleja tiene la cara del país entero.

La maldición de Narciso se ha vuelto a cumplir, *Me consumo en amor de mí mismo y provoco y padezco las llamas:* así la anunció Ovidio desde el primer siglo de la humanidad.

Muñeco, el gran narciso, ha sido el epicentro del hundimiento. Logró para sí un imposible: verse convertido en el más despreciado en medio de esta ciudad que vive del desprecio, y en el más odiado en este país donde los odios son a muerte.

Si de profecías se trata, también se ha cumplido la de Oscar Wilde en su Dorian Gray: Narciso, sembrador de muerte, causa dolor por donde quiera que pasa, destruye a quienes se acerca y pudre todo lo que toca, incluyéndose a sí mismo.

Se cumple además otro vaticinio, uno terminante y con carácter de sentencia, el que pronunció en medio del duelo la tía materna: *nuestros hijos son sagrados.*

Se equivocó el Muñeco: la niña era intocable y era sagrada. No podía profanarla y salir impune. Lo sagrado calcina a quien lo toca.

El corazón de esta ciudad postrada latirá, año tras año, en el fondo de la celda donde vegeta el Muñeco, violador, torturador y asesino, infinitamente solo en el centro del radio de desprecio que en torno a sí genera. Sin recuerdos ni remordimientos, alumbrado apenas *por la negra luz de la melancolía,* aullará de impotencia y llorará de rabia.

Caiga sobre ti la antigua maldición, viejo Chucky, tétrico amigo, y a través tuyo también sobre nosotros: que ni la tierra ni el mar acojan nuestros huesos. No hay purificación posible para esta culpa.

A la dulce niña mártir, mi adiós callado.

Que ella pueda regresar al lugar de donde vino, hecho de vapor y bruma. Que despierte libre de agonía y dolor, y aunque entristecida por el sueño más amargo, que encuentre paz en la liquidez del universo.

Es todo lo que sé. Nunca aprendí a rezar, no logro comprender, no hallo qué más decir.

Hoy tal vez vaya al Cementerio Central. Tal vez. A llevar a la tumba del Pildo un ramo de nomeolvides, la flor de los desesperados.

Según el reloj de mi cocina, ya pasó la hora y media y tengo que sacar del horno la torta de plátano. Huele bien, pero me decepciona, se quemó en la base y salió achatada. Poca levadura, eso debió ser, creo que no esponjó. No es consuelo esta torta malograda, y tampoco es consuelo mi lejana madre.

No hay perdón, sé que no hay perdón, no espero tanto. Sólo pido una tristeza limpia que me sirva de bálsamo. Ojalá yo fuera pan, masa de pan, para dejar que la levadura obrara poco a poco.

Monstruo viene de mostrar: bien que lo sabe Tournier. Monstruo es quien se muestra, lo que se muestra. ¿La parte que se muestra? Si el Muñeco es la cara visible del monstruo, la cara oculta somos nosotros. Lo dice la experta Arbus: si quieres ver un monstruo, desvístete y mírate al espejo.

Los monicongos son mil, y el más chiquitico se parece a ti.

Los monicongos son mil, y el más chiquitico es igual a mí.

Laura Restrepo

(Bogotá, 1950) publicó en 1986 su primer libro, *Historia de un entusiasmo* (Aguilar, 2005), al que siguieron *La Isla de la Pasión* (1989; Alfaguara, 2005 y 2014), *Leopardo al sol* (1993; Alfaguara, 2005 y 2014), *Dulce compañía* (1995; Alfaguara, 2005 y 2015), *La novia oscura* (1999; Alfaguara, 2005 y 2015), *La multitud errante* (2001; Alfaguara, 2016), *Olor a rosas invisibles* (2002; Alfaguara, 2008), *Delirio* (Premio Alfaguara 2004), *Demasiados héroes* (Alfaguara, 2009 y 2015), *Hot sur* (2013), *Pecado* (Alfaguara, 2016) y *Los Divinos* (Alfaguara, 2018). Sus novelas han sido traducidas a más de veinticinco idiomas y han merecido varias distinciones, entre las que se cuentan, además del ya mencionado, el Premio Sor Juana Inés de la Cruz de novela escrita por mujeres; el Prix France Culture, premio de la crítica francesa a la mejor novela extranjera publicada en Francia en 1998; el Premio Arzobispo Juan de San Clemente 2003, y el premio Grinzane Cavour 2006 a la mejor novela extranjera publicada en Italia. Fue becaria de la Fundación Guggenheim en 2006 y es profesora emérita de la Universidad de Cornell, en Estados Unidos.